LOCUS

LOCUS

mark

這個系列標記的是一些人、一些事件與活動。

Mark 115

小村物語

作者：夏瑞紅

攝影：邱勝旺

編輯：連翠茉

校對：呂佳真

法律顧問：全理法律事務所董安丹律師

出版者：大塊文化出版股份有限公司

地址：台北市 10550 南京東路四段 25 號 11 樓

www.locuspublishing.com

讀者服務專線：0800-006689 TEL：(02) 87123898

FAX：(02) 87123897

郵撥帳號：18955675

戶名：大塊文化出版股份有限公司

e-mail：locus@locuspublishing.com

總經銷：大和書報圖書股份有限公司

地址：新北市五股工業區五工五路 2 號

TEL：(02) 89902588（代表號） FAX：(02) 22901658

初版一刷：2016 年 5 月

定價：新台幣 350 元

ISBN 978-986-213-693-5

Printed in Taiwan

小村物語

My little village.

夏瑞紅 著
邱勝旺 攝影

代序——是一部悟書，也是愛情之書

顏擇雅

夏瑞紅是我景仰的編輯前輩。她一九九六年在中國時報開創《浮世繪》版，規畫出不少膾炙人口的專欄，例如〈金庸茶館〉、〈佛法秘密花園〉、〈戀人絮語〉等等。許多出版社都在這個版挖掘未來的暢銷書。它的視覺呈現也很有瑞紅的個人風格，質樸又豐富，彷彿在向講究細節的手作工藝致敬。

我跟瑞紅有過的交談其實並不多。一大原因，是她不只貌美，還渾身散發「一塵不染」的氣息，只要眼神稍接觸，我就會自覺「天啊我好俗」，所以不知要找什麼話跟她聊。但我又很好奇，這世上怎會有這麼像瓊瑤女主角的真人呢？有一次有機會跟她喝下午茶，我就按耐不住自己的俗氣，直接問她：「你嫁給什麼樣的男人？」

已經是十幾年前的事了，所以我忘了我怎麼鋪陳這個無禮發問。大概是這樣：像她這樣的大美女，當初一定一大堆人追吧，怎麼選了她先生呢？瑞紅並沒說出讓我感到「原來如此」的答案，例如她先生是大帥哥，或追求她超熱情之類。瑞紅只說，先生對她很包容。當年我聽完的感受：這男人不知哪來的好運，娶到如花美眷。

《小村物語》第一篇，就是寫這位我心目中的好運男人診知罹癌。罹癌是一般人認知的噩運，書中幾篇，例如〈感覺〉一文，也是絕好的疾病書寫。但看完書，我已不確定是否娶到如花美眷是好運，罹癌算是噩運。因為整本書的重點並不是病苦，也不是照護。它寫的是轉換：身份轉換、認知框架的轉換。

都市人往往是以一紙名片來定義身份。名片上有人的行業、任職機構、職稱頭銜。瑞紅搬進小村，別說不再有這些，連姓名都沒有了。她成了某某家媳婦。在青壯人口外流的小村，像她這種與公婆同住的媳婦已相當稀有，有的話也是外籍新娘。所以台北文化界赫赫有名的女強人在小村一開始是被當作外籍新娘。後來雖然不再有類似誤會，但鄰里碰見她，寒喧的不是她登了什麼稿子，而是問候她的「頭家」(丈夫)與公婆。

瑞紅在書的開頭就提到一位終生守「不持金錢戒」的年輕女尼，這當然隱喻瑞紅日後在小村即將喪失的自我感。女尼一旦身無分文，當然要時時感受自己的卑微，卻也獲得一種心思澄澈：從此五光十色的商品都跟她無關了。瑞紅在小村彷彿在守一種「不持身份戒」，職涯追求都跟她無關了，於生活卻反有一種心思澄澈。

當然許多現代女性都有過隨夫返鄉的經驗，每年有幾天要在偏鄉生活，也被稱作「某某家的媳婦」。但是一年只是造訪幾天，是不可能帶來瑞紅感受到的那種身份轉換的。同理，也就不會感受到她的那種悠哉樂趣。像她描述果樹下現摘現吃：「每次賴著一棵果樹予取予求時都不禁暗忖，吃母奶的感覺就是這樣吧。」揹著「知名編輯」身份也許也可以摘果子吃，但要自在到感覺好像「吃母奶」，好像必須把身份剝除到只剩下「某某家的媳婦」才可以。

就這個層次，《小村物語》是一部悟書。書中的「悟」都是小地方。例如〈擺平〉一文，瑞紅寫她在病房中，一下嫌惡空氣壞而開房門，一下又嫌外面吵而關房門，開開關關搞得好累，才意識到自己連感覺都無法擺平，怎麼照顧別人。

如今她必須照顧別人，對她是一種角色轉換，因為從前在婚姻中，她一向是被侍候、被擔待的，現在則輪到她「像留心水晶娃娃一樣端捧著他了」。

雖然我認識的瑞紅是優秀的編輯人，但我讀到她在書中變身為全職看護，卻毫不感覺突兀。從前我經過她辦公室，總感覺她工作時的模樣不是專注而已，而是虔敬。彷彿她不是在處理稿件，而是在細心照護一片上天交予她的花園。瑞紅在我心目中，本來就是照護者。

然而，瑞紅的角色轉換卻讓我回想起前述那場對話。那次她回答我的無禮發問，最讓我大驚小怪的，倒不是她先生不是大帥哥也不是大才子那些。讓我大表不可思議的，其實是她告訴我，她並沒真正戀愛過。一個大美女怎能沒戀愛過，就把自己嫁了呢？我搖頭表示惋惜。我記得當時，瑞紅對我的反應露出不解的表情。

因此這次，讀到瑞紅照顧她先生的段落，我就嘆息「原來如此」了。《小村物語》寫的正是瑞紅的愛情故事。當然這跟一般人想像的愛情故事很不一樣。大美女談戀愛，不是應該像瓊瑤小說那樣轟轟烈烈嗎？偏偏，山盟海誓從來不是愛情最難的部份，守諾才是。

我讀到瑞紅在小村，每天早上六點半前必須做好早餐，十一點半前做好午餐，不禁會想：若是我，我願意嗎？我應該連嘉南平原的大太陽都受不了吧。因此又回到我十幾年前的想法：這男人不知哪來的好運？但這也表示，婚姻幾十年下，這男人已向瑞紅證明，他值得她如此付出。唯其如此，瑞紅才能身份轉換的如此埋所當然。這麼說來，就應該說是瑞紅的好運了。

目錄

守護。

覺察。

同行。

回歸。

守護。

病苦彷彿寂靜的個人關房，已悄悄轉化了一個人，
讓他乍見生命既美麗又脆弱的真相嗎？
我當自己是護關侍者，正保衛他的關房，護持他的修行，守候他的新生。

閉關

二〇一二、傳說中的世界末日那年夏天，在山上偶遇一位二十多歲、氣質清淨的南傳佛教沙彌尼。

她發願終生守「不持金錢戒」。簡單來說，就是必須一輩子身無分文。問她如何面對此戒造成的生活窒礙，她笑答起初也覺得寸步難行，但漸漸越來越領悟這戒律的慈悲保護。

她說，不方便、不如意和仰賴他人，帶來的生活侷限、挫折、甚至羞辱，如粗砂紙快速磨掉「我」與「我的」的妄執。有一天，走過五光十色商店街，忽然不再東張西望，因為那些都和她無關了。

斷然棄絕金錢，只向紅塵隨緣托缽，真是從世俗出離的強烈辦法。這一路上將不斷遇見「原來如此這般」的自己吧？飢餓、匱乏固然不好受，目睹自己的貪婪與懦弱、卑微與恐懼，才是真正的難堪吧？

二十歲那年，我曾獨自健行東海岸七日，之後乍興一念：如果進一步不帶錢、不做任何預備就上路，好比降生之初，赤貧又赤裸，必將是趟非凡逆旅吧？當時很興奮，計畫下個暑假就付諸行動！

然而，直到學校畢業，我都沒去做。

出社會工作，霎時點燃野心欲望，熊熊烈焰推著我向前衝，整個人變成火箭。然後結婚、當了媽媽，更是兩頭著火，身心焦灼。

於是，那旅行默默被歸入半傻半瘋癲的「年少輕狂」，就這樣理所當然地不必認真，只消一笑置之。

轉眼衝到兒子二十歲那年，疲倦已極的我，終於發狠咬牙離開職場。

剛加入無業遊民行列時，那個尚未出生的旅行，居然穿越時空，冷不防冒上心頭，又對我徐徐招手。

同時，幾份有趣的工作正找上門，心下欲拒還迎，躊躇打轉。最後，父親病況加劇，媽媽急需幫手，才幫我草草終結了這場曖昧。

陪伴父親最後一年，緊接著處理後事，又清理他的遺物，恰似遭逢一波海嘯，就這樣浮沉飄盪，直到二〇一二年夏天，上山參加多年來例行的內觀課程，彷彿暫得停泊港灣。

在兩期課程間的空檔，聽到這位沙彌尼說出家的故事、和她如何履踐戒律時，不經意瞥見那個旅行，至今竟仍深藏心底，還在某個角落閃閃發光。

那讓我莫名輕快起來，彷彿重新連線二十歲的自己。我想，現在已上完十日課，按原計畫接著做兩期法工服務、也就是一個月後，便下山把家事稍做收拾，然後，我就要啟程出發！

哪知，光是眼前兩期計畫，都不是我能把握的。

就在一期法工服務結束時，我打開手機，看到先生的來電記錄，心頭一顫。我知道若非有事，他絕不願打擾這難得的清靜。

電話那頭，他說公公出車禍，車毀，所幸人都平安。公公決定趁修車期間，去做考慮已久的膝關節手術。那手術還好，風險不大。他陪公公去醫院檢查，預約開刀住院，自己因小咳嗽，順便去掛個號。只是平常門診而已，醫生竟判斷他罹癌、且已轉移，緊急安排了切片檢查，就在明天。

那天早晨，我收拾行李，直接回台南小村公婆家。

下山途中，心裡空空的，對於眼看著似乎隱隱要出軌的未來，無從思慮，只是試著冷靜地對自己說——真正考驗平等心的閉關來了！

返鄉

結婚以來，我們一直住在台北，每次回婆家都是過年或度假時，感覺就像來作客。雖然身為人媳不該這樣說，但事實就是如此。

即使幾年前，請假回來帶婆婆去做眼睛雷射手術，幫她料理家務一星期，我仍覺得像出差，只不過不是辦公事，而是「婆家的家事」。

但近年回婆家的感覺起了些變化。

那是因為先生一退休，便回這台南小村故鄉，陪伴父母務農。偶爾他上台北會妻兒，偶爾我南下看他。先生是獨子（一兄早逝），小姑已出嫁，而父母漸老，家裡農事工作繁重，我們遲早都得返鄉，只不過在斟酌時間而已。

我不上班以後，理應立即回來幫忙，但我卻沒這麼做。表面原因是，兒子還在台北上學，以及有一整年常回娘家照顧父親，但背後卻是有些逃避、忐忑。

常說自己嚮往鄉居生活，加上小時候在外婆家農村長大，「返鄉務農」對我來說並不勉強。問題是，我已浸在書堆文藝圈三十年，回小村意味著從那熟悉的世界中出走，完全離開台北也表示切斷重返職場的可能，然後呢？我真的當得起農夫嗎？

車子快到台南時，感覺心中若有糾纏，卻找不著線頭，隨便拉哪條都緊。眼前公公將開刀，住院加復健至少得一個月，先生則病況未明，除一步步向前直走外，我別無選擇。

回到家，那歷練過百年風雨的三合院安穩如常，屋裡的人樂呵呵的，卻無一絲愁慘。公公為歡迎我回家，興匆匆買了一隻鹽水鵝、一隻煙燻鵝加菜。先生消遣他明明是自己好吃，還趁機找藉口，公婆都忍俊不止。

我問有沒有受車禍驚嚇？公公還豪氣地揮手一笑：「了錢過運啦！」意思是說，花錢消災、小事一樁而已。

顯然先生尚未透露他的事，若檢查結果真如醫生診斷，但願兩老也能這樣輕鬆地如實面對。公婆中年曾遭喪子之痛，真不忍心他們晚年再受任何打擊。但是又何奈？這一切哪能由我？

那天晚上，先生給我看從google搜尋的一堆研究報告和病友心路歷程，並表示已做最壞的打算。我慨嘆他既不抽菸喝酒嚼檳榔，又不熬夜，一向「神經大條」，簡單快樂，健壯如牛，怎會罹癌？

他沉默了一下，正經八百地說，可是他超愛喝可樂、吃垃圾食物，而且前半輩子真是「太過無憂無慮」了！瞧他突然「良心發現」似的，那傻相讓我想笑又不禁心酸。

關於身體的真相，人們有限的認知本來就像瞎子摸象，只能邊走邊體會，也邊調整修正，但人受慣性習氣的制約太深，真要改變很難，在這點上，疾病卻能幫忙推一把，所以，生病何嘗不是人生轉機？我試著這樣「正面思考」。

彼時小村的夏夜南風微微，繁星滿天，四處蟲鳴蛙叫依神秘的節奏完美合唱，彷彿天下一片太平。且好好睡一覺吧，明天的事明天再說！

孤單

手術房外的報到窗口，我詢問護士一連串問題，囉哩八嗦。

可能有危險意外嗎？痛嗎？要麻醉嗎？術後需護理嗎？……

那護士應該覺得這人有點怪，不過一個小小切片而已，醫院每天都有幾十台手術，沒見過這樣神經質的。而且，就算要問也該在門診時問醫生，哪有依約臨門手術了，才來「考」護士的？

其實，所有問題早查過資料，她可能回答的，我根本心裡有數。之所以這樣，也許只因焦慮，覺得不能什麼都不做，可又一時什麼也做不了，於是不自覺瞎忙一番。

他換好手術衣，在手術室門口給我一個擁抱，隨即被護士帶走。手術室自動玻璃門開闔間，一口將他身影吞噬無蹤。

剎那間，我熱淚奔流，但心是涼的，還嘀咕自己莫名其妙——拜託！幹嘛？嚇人哪？妳這樣，等候室的其他病人家屬還以為出人命了呢！——然而，淚就是止不住。

淚是為他流的嗎？

他看來頗淡定，前一天晚上消遣自己說，現在得癌症「很平常」，注重運動養生卻罹癌的大有人在，他雖不菸不酒不檳榔，但貪愛美食，又自以為健壯如牛免「保養」，所以也怪不得老天給點懲戒。研究資料後，他傾向對病情做最壞打算，所以寫好了「遺書」，其他就聽天由命。說完，照常呼呼大睡，一覺到天亮。若是心疼他遭逢「不幸」，這也未免過急吧？也許結果不過虛驚一場。再說，幸是真幸嗎？不幸是真不幸嗎？誰知道？

那麼是為自己而哭嗎？我向來不大吃藥看醫生，突然好像要把他的命交給醫院，不禁矛盾為難？我有點自責，愧罪自己一直太忙，對他照顧不周？我擔心失落、害怕承擔？我在抗拒苦、空、無常、無我的人生實相？

也許都有一些，但在那當下，我更是被一種無邊的孤單所包圍，四下蒼茫。一種「絕對的孤單」，不一定為他或為我，而是為人人遲早都得獨自上路的孤單，再親再愛的人也無法分擔、陪伴的孤單。

但我得盡快平復自己，若見我這樣，只會徒增他傷感。除此之外，還有公公即將住院開刀，公婆家的魚塭、農事和生意要安排，小村的環境和生活作息要適應，這些事對我來說都陌生；而留在台北、還在上學的兒子正要出國參加研習，我已無暇協助，正好練習放手吧！

我挺直背脊，深深呼吸，告訴自己人生本無常，這沒什麼，要穩住，提起「平等心」客觀苦樂禍福，學那不動的巖石。

一周後，我們去看檢驗報告。醫生平靜地說，確實是癌症，而且「有點晚了」，宜盡快轉診大醫院。

原來，那一刻並非想像中的「五雷轟頂」，只不過寂靜如塵埃落定。我牽著他的手，無言以對，他卻鬆口氣似地說：「呵，我想也是差不多！」

醫院裡照樣人來人往，沒人發現我們剛剛遭遇一個撞擊，人生正要就此轉彎了；就像我們也渾然不知眼前每個人各自正在經歷的，是怎樣的一場身體或心靈的苦戰。

在稀微的悲哀中，我竟感覺每個人那麼不同，卻又如此相近，在那小小孤單的深處，人人合而為一。

擺平

千頭萬緒中，先生和我很快做了決定：

一、暫時對父母（我公婆）隱瞞罹癌消息。公公考慮替換人工膝關節手術多年，終於拿定主意，不好為此再延擱，或帶著牽掛入院。

二、留在台南就醫，暫時擱置台北的家。南部氣候暖和，小村生活清簡，更宜調養身體，最重要的是可照顧父母，也省他們懸念，尤其公公術後還有復健期。

「相識三十年來，只要我們同心協力，什麼麻煩事都會變簡單，無一例外啦！」在二期稻作新綠蓬勃的田邊，他笑嘻嘻這樣對我「掛保證」。喔？是嗎？換句話說，懷著這個「迷信」，他就「沒在怕的」？也好，「傻人有傻福」，這時更該學那敬畏天地、埋頭只問耕耘的老農。

於是我們全心全力並肩投入照顧公公住院開刀，同時維持家事如常運作。

公公術後情況不大理想。台語有個詞叫「惜皮」，形容人不耐皮肉折磨，公公很能吃苦耐勞，向來不是這種人，但傷口加上併發痛風宿疾，令他疼痛得驚慌焦躁，片刻不得安寧；而給他加重止痛嗎啡，昏沉起來卻不時吊白眼，讓我神經緊張，麻藥也使他消化系統遲滯，胸腹悶脹。

他身上接了尿管、血水管、點滴管，又不習慣在床上大便，總要勉強撐下床坐簡易便盆。腹脹造成便意頻頻，但差不多忙五次才一次真大出來一點，沒大出來，鬧人「瞎忙」不好意思；大出來，勞人擦洗也不好意思，不管怎麼對他說不要緊，老人家赤裸著下身的左右為難都無以解除。

有時好不容易入睡了，看他慘遭肉身這頭野蠻巨獸肆虐似地癱在床上，整個人破碎襤褸，呼吸聲宛如孩子大哭後的嗚咽，我既心疼又心驚，暗忖人生到頭對自己到底真有多少把握？

先生怕我辛苦，一直搶著要留在醫院；而我則擔心他太累、病情加劇，老是「勒令」他回家。神經大條的他哪裡知道，我同時也在把握時間摸索醫院生態，預習來日陪他住院，也研究必要時怎麼雇用看護。

有天夜裡，雙人病房住進另一位病患及其家屬，加上公公，三個男人的打鼾聲攪得小房間的空氣「濃濁黏稠」，霎時一陣嫌惡竄升，我急忙去打開房門；但才一下子，房門外強烈的走廊燈光，和一些人走來走去的嘈雜，又「冒犯」我了，不得不再去把門關上。就這樣開開關關幾回後，我累極了，整個白天的工作加起來也沒那麼累。

那一刻，我忽然看見「擺平自己」才是眼前真正的挑戰。有太多情況無可奈何，也無從追究，如果繼續「龜毛」偏執，那麼別說照顧別人，只怕連自己都過不去。

後來，找到來自善化的資深看護麗玉，她利落幹練且安詳自若，簡直是醫院裡救苦救難的觀音菩薩。有天她在為後進做示範，後進嘀咕：「可是之前人家教我那樣就行了！」她說：「那樣也不是不行，只是那樣對我們方便，但對病人不好。我們工作的根本是要對病人好，初學就要學正確的，只要真對病人好，妳在這行不怕沒工作，自己去想一想！」

麗玉小姐真是看護業的「開悟者」，想必她歷練無數安忍才有今日一份清爽明白，而我也許曾經很「幸運」能我行我素，故不知不覺習慣了任性，如今若為擺不平自己而受苦，也不過正開始償付「幸運」的代價吧！

抉擇

離小村最近的醫院是麻豆新樓醫院。因陪公公和先生看病，我才知道台南新樓本院由基督教長老教會傳教士於一八六五年建立，是台灣第一家西醫院。

我對西醫院向來感覺隔閡。自幼只看中醫喝煎藥，稍長對西醫院的印象就是打針和陰森的西藥味，近年醫院藥味雖有減淡，但我仍覺得西醫院冰冷刻板，看病不看人，最好敬而遠之。

為先生做切片的新樓醫師開出重大傷病卡和轉診單，建議我們立即到台南成大醫院治療。那絕非三兩天簡單療程，這麼一來可不是得長期在西醫院打轉？但我憑什麼要他選擇中醫？就算他同意，公婆那邊呢？萬一結果不如預期，我可扛得起「延誤病情」的罪咎？

不管中醫西醫，到底該留在台南或者回台北？台南雖是先生的故鄉，但他已在台北求學工作成家三十年，而我對台南人生地不熟，對婆家生活作息、日常用具也都得從頭適應；再說，台北醫療資源應比台南豐富。此外，要是病況不好，在台北也省得公婆天天望著傷心。

但若回台北，年邁的公婆不就沒人照顧？先生退休返鄉以來接手的農事該怎麼辦？就算為公婆及農事雇工，我們在台北真能放心嗎？而對公婆來說，這樣會不會更牽掛折磨？台南冬天陽光溫煦，小村生活步調悠緩，不是比濕冷的台北更宜養病嗎？

還有，公公剛出院，復健至少要一個月才能慢慢恢復家業運作，該選擇哪個時機、什麼方式告訴老人家，他們唯一的兒子罹癌了？

忘不了那年大伯（先生的哥哥）因心肌梗塞猝死，我趕回小村奔喪，早哭腫了眼的婆婆一見面，又淒厲嚎啕起來：「我的兒子沒去啊啦！」她披頭散髮、形容憔悴，像一片枯葉被狂風捲進亂流。

大伯一路從南一中到交大，是小村那一代厲害的「狀元」，大學還沒畢業，就有美商公司來預約工程師，工作幾年又赴美留學。因此家裡擁有小村第一台微波爐、第一套康寧餐具……等等美國新玩意，村人無不誇讚，公婆也深感安慰。按理「科技新貴」才要開始成家立業、鴻圖大展，豈料三十出頭的人生如璀璨流星，一閃即逝。

那時我已當了媽媽，對婆婆喪子哀痛感同身受。出殯那日，按習俗白髮人送黑髮人必杖責棺木，以消不孝之罪。那一幕大悲震撼我心，當下暗自發願盡力照顧他們終老。

也許哭泣過度，那之後婆婆一邊耳朵莫名失聰，除埋首工作外，對玩樂享受都意興闌珊了。關於先生病情，我到底該如何說，才能將衝擊減到最低？

就在我躊躇不已時，有天在餐桌上，婆婆突然催我們盡快求醫，該上哪兒住院就住院，家事還有兩老全不必操心。她淡定的語氣反倒讓我嚇一跳。

我們早就決定退休後以陪伴父母為前提，無論如何，留在台南畢竟是長遠之計；而選擇西醫，只因他自認本是俗人，俗人就是大家都怎樣就怎樣，治癌不就手術、化療或放療那一套？哪家醫院還不是差不多，有命就能活，沒命什麼名醫也莫奈何。

至於，到底他是怎麼跟父母宣布的？

他說，他認為老爸做復健太懶散，一時又急又氣，就一口氣照實說光光，以警告老爸自立自強。

就這樣？唉！這俗人總有辦法令我目瞪口呆。只能說，快刀草莗了斷庸人密密麻麻的自擾，也好吧！

摸黑

為了讓我們放心就醫，娘家媽咪和我老妹趕來小村接手家事。那天風和日麗，我們開車直驅成大醫院，準備報到住院。

途中他說要我好好划算，「一人出嫁、全家服務」，我們都哈哈大笑。此去吉凶未卜，但家人無條件的愛把黑霧趕出車外，鼓舞我們迎光勇往直前。

先生病情早錯過手術時機，所以只能打化學治療點滴和局部放射線照射，有效機率五〇％。另外五〇％呢？什麼樣的病患會落入另一邊呢？醫生也不確定。

醫生根據的是別人的「醫學研究」和「科學統計」。癌症目前所知是身體控制細胞分裂的機制失常而瘋狂增生，然後聚積成瘤，入侵四周組織之餘，還可能四處流竄，無限擴張。一個善良細胞並非一朝一夕變成惡「裂」細胞，而是經過多次「突變」。

那為什麼會這樣呢？

有人著眼於悠久的「遺傳基因」，沒得說；有人認為是因果業報，不好說；有人歸咎於環境、飲食、作息、病毒、情緒壓力……但也說不定。說到底，沒人真的知道癌症為什麼發生，因此也難有正本清源的療法，一般所採取的不過是掃蕩打壓行動罷了。

過去曾風行一時的藥物或療法後來被推翻取代，還發現醫療衍生的傷害更甚於原來要治的病，這類例子不勝枚舉，誰知以後的人會不會說我們對付癌症的方法簡直野蠻，就像我們笑嘆一百年前牙醫用拔牙對付各種牙痛？

由於親友的熱情，我們收到各種偏方和經驗談。運動養生療癒之類題目，我素來有興趣不陌生，但對先生來說無一不「稀奇」，加上他已決定接受「正統」治療，更覺得這些畢竟屬「旁門左道」。要是我堅持，他也許不反對一試，但我認為信念不可思議，還是以依隨他自己的心意為前提。何況，我擁有的也不過是「二手知識」，根本一無所知。

偏方中有種青草，平地常見，自古便用以治療癰腫疔瘡，老友的朋友親身試過有效，這讓我一度認真考慮，但那植物全株有毒，歷來也不乏吃了沒治病還中毒、癱瘓、甚至喪生的案例，能冒這個險嗎？

雖然化療放療副作用也有要命案例，一樣得冒險，但此險非彼險。後者是「勇敢面對但莫可奈何」，前者卻可能是「迷信逃避而延誤時機」。

後來讓我放棄那草藥的，倒也不全因以上推理。入院前，我每天清晨在小村散步，順便尋草，結果從沒發現，於是乾脆對自己瞎說那表示老天也不贊成。

然而，想到隔天凶狠的化學殺手就要透過針管，一點一滴混入血液，再攻佔他全身，堅壁清野、玉石俱焚，我仍深感荒謬。那天安置好病房，又侍候他吃飽飯洗過澡後，我居然賊頭賊腦提議：「後悔還來得及，要不要逃走？」

天地雖大卻無處可逃，因為逃到哪也不過換個地方、改個方式，一樣摸黑。人們努力保持理智、尊重專業、服從科學以免「盲從」感覺，有一天看破所謂理智、專業、科學只是冠冕堂皇的摸黑時，會發現感覺如黑暗中的星光，反倒是更真實的線索。

只是，很快地，接下來發生的事毫不客氣地告訴我，連感覺都是鏡花水月，未必靠得住！

感覺

化療第一天，他感覺一切還好，只是一組護士特別穿上防護重裝，反覆核對患者姓名和藥物品項、劑量，一副嚴陣以待的態勢，讓人心裡發毛；還有將夜以繼日連打點滴五天，上哪兒都得推著吊桿牽牽掛掛，光想就頭大。

為轉移注意力也活動筋骨，我們在病房上網跟著做了幾段「多燕操」，場面詭異又有些爆笑。

聽說化療副作用強烈，但他一向健壯，所以影響輕微吧？我這樣暗忖著，也盼他輕鬆度過，往後還有四十多次放療和第二個化療療程等著呢！

哪知道才第二天就不對勁了。

首先是猛烈密集的嘔吐，吐到頭昏眼花，躺不下、坐不住也站不穩。經緊急追加第二種止吐劑後，情況稍緩。但緊接著開始失去食欲，連喝水都噁心。

化療期間不時量體溫血壓，還要記錄所有食物和每次排尿的重量，以監控身體變化。從記錄表顯示他食量銳減，這狀況「想當然耳」，最傷腦筋的是，他口腔感受到的滋味竟開始一樣樣錯亂起來。

明明是香草冰淇淋，他居然感覺苦澀不堪；明明是蘋果汁，他才沾一口就皺緊眉頭叫太辣。基於對冰淇淋和果汁的經驗，他知道當下感覺失真，但那感覺如此真實，好像在夢裡上山下海都是假，但感覺卻跟真的上山下海一樣。

一杯一百五十西西溫開水，他小小口啜著強吞下去，得花上半小時才喝得完。因為，那杯水如今感覺彷彿一團鐵砂，帶著鏽味又滿布尖刺。牛奶布丁變魚腥爛糊，藍莓蛋糕也變白蠟紙屑，人間美食突然全搖身變成猙獰妖怪，就這樣肆無忌憚地嘲弄人、折磨人。我盡力給他嘗試各種食物，直到買來他最愛的花束大西瓜，一樣不能喚醒噩夢，我知道他的味覺真是「失憶」了。

每試一樣食物，我就問他感覺，他盡量描述表達，但也明知自己說的是天方夜譚，再看我一臉迷惑，多說也是枉然。那是孤單荒涼的味覺邊境吧？多不忍他一個人茫然迷失在那裡，但是又何奈？

因有那個味覺，蘋果才甜、冰淇淋才香。覺在飄搖，感受就恍惚；覺一熄滅，全世界的味道頓時沒入黑暗。蘋果真的甜，冰淇淋真的香嗎？說蘋果甜、冰淇淋香的，到底是誰呢？

就像在醫院裡，明明是一樣的鼾聲雷動，但聽臨床病人打呼時，不禁焦急暗嘆怎沒排上單人房？而聽自己照顧的人打呼時，卻如聞天籟，渾身舒爽，好高興他終得片刻安歇。可見這耳朵只管聽，對聽的感覺卻從來不由自主。

而眼睛的「案情」也一樣不「單純」。記得當年懷孕時，感覺怎麼從早到晚都遇到孕婦；養育孩子時，感覺怎麼滿街都是兒童；推輪椅帶爸爸散步時，感覺怎麼四處都有失能的老人家。如今他生病了，我才在車站、菜市場、在小村田埂上，忽然見到許多臉部、頸間遺留著手術痕跡的人，心想同病患者還真不少啊！

其實他們一直都在，只因過去我未曾留意，所以視而不見。世界彷彿一個漆黑無邊的舞台，心如聚光燈，燈打在哪，戲就在哪；燈打多亮，看戲的人就能看得多深又多廣。

種種奧妙複雜的感覺幾乎就是人生的內容了，然而有一天獨自行經感覺的邊境時，也許在那裡我們卻發現，所有感覺原來並無獨立實質，不過是許多相對條件湊合著拱出來的一個暫時幻影罷了！

疾病

我不喜歡「病魔」這說法。打從心裡認為這樣說不合理、不公平，徒增疾病陰影。所以，一向不知疾苦的先生突然被劃歸「重大傷病卡」持有者時，我就展開「洗腦」：

作為此身之主，我們不應怨恨肉體任何部位，即使它再怎麼不合意、再怎麼讓我們煩惱；當如實接納自身，好比老師不放棄任何學生、父母無論如何都珍重孩子。

我甚至還剪輯改自《慈經》的祈禱文，供他朝夕讀誦：

願我無敵意無危險
願我無精神的痛苦願我無身體的痛苦
願我安詳快樂

上至天界下至苦道眾生三界眾生無形眾生
願他們無敵意無身體的痛苦

願他們無危險無精神的痛苦

我原諒　我原諒過去曾在有意無意間傷害過我的一切切

我祈求原諒　祈求過去我曾在有意無意間傷害過的一切切原諒

願眾生離苦得樂

這般「論述」與「招數」若在平日，只會引起一陣打量「女巫」的玩笑，但這回他像走到「死角」，橫豎都沒得轉圜，居然靜下來傾聽，也肯試著默念。

關於疾病的原因，探索不盡。從不同觀點、路徑去追查，並各自提出消解辦法，這大抵是世間醫療共同的邏輯，但如何確定哪裡就是起點呢？說病因在於環境，但為什麼不是環境中人人得病？因為有人免疫力較差、又無法吸收某營養。為什麼免疫力差？因為遺傳基因、人格傾向、原生家庭創傷……而人格、家族又是為什麼？因為靈修、業報、星系引力……沒完沒了！

說穿了，疾病溯源之旅無論如何都得硬生生中斷於某個我們暫時能接受、也甘願承擔的假設點上，然後埋頭快快採取相對行動，以免陷入什麼都不做的無邊焦慮吧？

關於如何抗癌的書，鋪天蓋地，平時讀來覺得滿豐富，這時卻越讀越索然。起初頗想問作者：「你真知道你在說什麼嗎？」後來覺得這也多餘，畢竟寫書多是一番善意，瞎子摸象也無奈。

Ken Wilber的《恩寵與勇氣》，多年前剛出版時就讀了一遍，那時書中討論意識結構、演化點、病理學與治療的相互關係，以及質疑榮格心理學的部分頗吸引我，而今重讀卻覺得那些是書中最枯燥的部分，且無法理解當時自己為什麼完全沒注意到，他的妻子崔雅既以當時西方最先進的療法力戰癌症，卻也參加過好幾次東方古老的內觀禪修？還有，他說了這麼一個刺耳卻堪稱精闢的笑話：

「癌症何時痊癒？當癌症患者死於其他疾病的時候。」

原來不是書本無味，而是讀者自己的味覺變調了。

而關於怎麼治病怎麼吃，親友們也各有一套傾囊相授，全都合情合理有憑有據，但拼起來就兜不攏了，彼此間不只有差別出入，有的甚至完全對立。

這令人逼視一個現實——我的每個相信是如何形成的？相信可以只因「人家說……」嗎？我真知道我所信的嗎？而那真的是真的嗎？

人們握拳信誓旦旦，總為自信掌握了真理，但只怕張開手、仔細一瞧，才發現抓住的不過是虛空中翻飛的一粒塵埃。

最後我也只能選擇，選擇「既往不咎」，找一條路好好走下去，那就是相信終究能救治生命的正是疾病，只要我們敢專心聆聽裡裡外外、大大小小的痛苦，疾病自會揭露所有扭曲的隱秘故事，並成為正直的嚮導，帶領我們修改生活、重新走向真正的療癒與和諧。

看他低頭念經，猜想這樣的疾病信念或能讓他稍得安慰吧？但那些時日每逢有人安慰我時，我其實不自在。若慣於安慰人，卻怯於甚至恥於被人安慰，那會不會是一種高傲的矜持？

在無人能安慰的、生老病死的迷茫中，有時忽然感覺「啵」一聲，就與全世界斷了線，一個人，空蕩蕩。

住院

陪先生住院是此生到目前為止，我出入醫院最頻繁也最久的一次。幸的是，過去自己和家人都不大需要上醫院；不幸的則是，人到中年才被押著正視那原本妄想繼續僥倖跳過的人生一頁。作為和醫院打交道的「生手」，住院在在令我大驚小怪。

我本想自費訂單人房，但先生不肯，他說健保房有室友反倒好，夜半不致陰森。健保房三人一間，附衛浴，冰箱、保溫箱、飲水機則在「配膳室」共用。所謂「配膳室」除這幾樣電器，就只有兩口水槽和一排垃圾桶。

那冰箱是一般家用大冰箱，門把上綁一支黑色壓克力筆，門面貼著警告說，食物若有遺失，院方概不負責，以及未標示房號者，清潔員將一律丟棄。打開冰箱，裡面果然塞滿標示黑字的塑膠袋、紙盒，亂七八糟，宛如一幅住院苦日子勉強撐持、無力「衛生」的即興速寫。

才入院安置衣物，廣播來了，說病房日夜進出人員多且雜，患者務必自行妥善保管財物，並留意各種推銷詐騙。原來那錄音必於每天下午新住民報到時段反覆重播。看樣子住院不只要防菌，還得防騙防賊？

先生的床位臨靠大窗，可遠眺、曬太陽，光這點就彌補了其餘缺憾。療癒院所理當遠離塵囂、山明水秀，但為求便利，只好蓋在車水馬龍四通八達的大街，既然如此更該多費心於建築設計，最好讓每個床位、每間浴廁都有窗，每扇窗外都有綠意。還以為清靜光潔、安全舒適是病房起碼條件，但目前看來卻是得特別加購的高貴服務。

再說伙食，醫院便當不講色香味，至少該營養均衡吧？但其實連新鮮溫熱都談不上，吃起來如隔夜飯；而大樓地下室美食街速食與夜市無異，想買點清粥小菜、新鮮水果都不可能。那段時間我常在醫院周邊穿梭「覓食」，好希望醫院還能設計可租借的公共廚房。

然而住院到後期，先生已不太吃得下，治療副作用使口腔和食道黏膜破裂糜爛，他連喝水都如遭酷刑；此外，放射線把脖子整圈炙成血肉模糊，我每天換藥布都得深呼吸強作鎮定，可想他一吞嚥、轉頭都是怎樣的椎心刺痛。一個月下來，他體重急降二十五公斤，醫生建議插鼻胃管，或做胃造口，但我們都覺得還是越自然越好，多一「術」不如少一「術」。

無奈中，我開玩笑說，據聞坊間瘦身行情是一公斤一萬元，他這下快速消滅鮪魚肚，恢復標準身材，可不是「現賺二十五萬」？所幸此人天生頭腦簡單、「笑點低」，就這麼陽春的笑話也能讓他愁容頓消，讓我這「初階看護」滿有成就感的，更決定試著用早從台北家預帶的不鏽鋼hand blender來處理食物，能送多少進肚子算多少。

於是，前後大半年，那支調理棒成了我最堅強的夥伴。有了它，我就有辦法把所有能吃的都變成「流質食物」。我在醫院認識許多新朋友，多是好奇前來打探器具的，我總想，若再住院下去，整棲醫生護士和清潔人員都會認得我，並叫我——那個老在配膳室打東西的女人。

天天早晨到日落，我連做七八頓兩三百西西的「總匯特餐」，對我來說，世上最動聽的三個字，並非「我愛你」，而是「我餓了」。擺脫過去未來雜念紛紛，我當下的挑戰只是：一、每天如何變化營養又順眼的流質餐點？二、每次如何對他痛苦衰弱的模樣處之泰然？其實，不過如此而已。

住院經驗可挑剔的雖不少，但大致也還好，尤其感謝院方派給癌症患者專屬社工人員，有她居中協調並引介相關資源，我才不至於徬徨。

某天突然憶起幾年前有位朋友辦完父親後事，有感而發：「現在台灣終於人人病得起、也死得起了！」若非這麼走一回，我何曾聽出那話中的心情！

轉變

在醫院認識一位小朋友，才十歲就得獨力照顧來開刀的爸爸。這樣的孩子疼都來不及，哪知竟一天到晚挨罵。

一日早上只因被發現小行李包裡有一疊白紙、幾支色筆，爸爸又咆哮：「妳當作恁爸是來這觀光的嗎？」

那咬牙切齒的聲音令隔著布簾的我不由得緊張起來。也許，這老爸有所不知，一整個人生都像旅行了，誰說住院不能當觀光？有哪家生老病死博物館比醫院更真、更豐富？更何況他渾然不覺，連自己也是一幅風景，正引人默默近觀社會某一階層的哀愁。

喧囂過後，轉個圈，卻聽見圍簾輕輕掀動，鑽進兩顆閃亮的黑眼珠和一陣神秘耳語：「紅阿姨，妳要看我畫的嗎？」

我們是在前天傍晚認識的。她獨自陪爸爸來，爸爸一下子要她去找棉被，一下子又要她下樓買東西，我看她一臉迷惑，便抽空帶著她四處張羅，特別教她怎麼回到這房間。行程中，她牽著我的手，跟我說了她的名字、學校的名字、和要好的同學的名字，還說她的志願是當畫家，因為她喜歡畫畫，還有她堂姊也要當畫家。問她媽媽，她說她沒媽媽，但阿嬤隔天晚上就會來。

想起兒子十歲時還是全家族的小寶貝，誰捨得放他一人瞎闖？這小女孩這樣勇敢，卻也令我隱隱心酸，但臨到她的現實就這樣，她也只能迎上前去。換個角度想，早點體驗孤獨的飄零和生活中不能承受的重，也未必不好，但願她因此成為更強壯幹練的孩子，清清楚楚走上自己的出路。

就像我們家這位「老爺」，從小馳騁田野，無憂無慮，求學謀職、成家立業「一條通」，人生前半場總以為世間歡樂就像滿溢的七彩球池，任他四面八方撲抱不盡。或許他心底並非真的這樣以為，但他寧願埋頭相信本來就這樣。他認真工作、熱愛生活，隨時隨地都能興高采烈投入吃喝玩樂。偶爾一聽我談點生死苦難，他就強忍呵欠、同情地望著我：「想太多了！妳要樂觀一點！」然後急急轉移話題；如果我堅持繼續，他就會說他最不愛聽什麼死不死，人死如燈滅，一切都完了，根本沒什麼好說。如今，死亡冷不防欺身而來，迫在眉睫，他感受到的威脅只怕更為劇烈。

向來坐不住、又對什麼神佛、靈修、養生一概頑皮的他，住院那些天可能因疲累竟不時閉目默坐，雙手且以固定姿勢交握安放於腿上。我消遣他是「結手印打坐的大法師」，煞有介事哩！那是所謂「紅觀音真言手印」，據說結印同時持紅觀音咒配六字大明誦，便能「淨無量罪障、消身體疾病、除魔鬼邪祟、斷憂慮、增福德、助圓滿成就」。

他不懂什麼手印，這分明只是個有趣的巧合，但在病榻邊咀嚼起來，就像喝完中藥苦湯後含的仙楂片，帶來一份及時的小小甘甜。

有時他則茫茫對空發呆，這也是過去罕有的。有一次我想他可能很無聊，便跟他說網路上看到的真實紀錄片，那是一隻小狗在日本福島大地震期間歷盡滄桑的故事。

他原本聽得出神還微微笑，不料一講到小狗重逢主人時歡欣激動，竟突然痛哭起來，讓我大吃一驚。我趕緊抱住他，問是否想念家裡收養的那隻流浪狗來福？他埋在懷中猛點頭，肩膀還因抽噎而顫抖，我說就快回家了，再忍耐一下下！淚流滿面的他又點點頭，像一個好可憐的小孩。

自十八歲認識他以來，從沒見他這樣哭。這哭泣是因為，病苦彷彿寂靜的個人關房，已悄悄轉化了一個人，讓他乍見生命既美麗又脆弱的真相嗎？

我當自己是護關侍者，正保衛他的關房，護持他的修行，守候他的新生。

顛倒

我所知的老爺本質善良單純，尤其率性隨和，不像我神經過敏又偏執。應是這樣的性格保護了他，所以在艱苦療程期間多能安忍淡定。

然而，幾件意外猶如地表乍裂縫隙，讓人瞥見星球底細還在無盡深邃之外，提醒我——人間印象可能都屬斷章取義，太淺薄了。

住院期間有一天，老爺被放射線照得幾無完膚的脖子，疼痛到令他坐立難安。正為他換藥時，他突然命我拿數位相機三百六十度拍攝傷口。做什麼呢？老爺說，醫師若來巡房可以放在筆電上給他看，請他考慮中止放射線治療。

醫師來了幹嘛不直接看傷口卻看照片呢？

話說出口才想到，他的意思可能是，這樣省得到時又要忍受拆紗布的痛苦。但他已翻臉暴怒，指責我成天瞎摸，做件小小正事卻推託。

我大吃一驚！

相識三十年來，不管我再怎樣任性不講理，他始終像端捧著水晶娃娃般，從不敢、或說不願、不習慣對我粗聲惡氣；即使真是我不對不好，他也不會、或說不忍、不捨得計較責怪。正因此，雖然大而化之的他在生活中對「龜毛小姐」的「冒犯」簡直「罄竹難書」，但事過境遷，我反倒常「自動反省」是否過於跋扈，甚至覺得對不起。我還曾「研判」當初「下嫁」，就是被這「苦肉計」製造的「恐怖平衡」給套牢的。諸如此類「謬論」層出不窮，而他總是哈哈笑納不以為忤，彷彿認了這小姐就是古怪、逗趣兼不可思議。

這樣的他豈能對我說那樣的話！明知他處在非常狀態，但疲勞加上驚駭仍讓我一時委屈得埋頭啜泣起來。見我哭了，他驚醒一般，連連道歉賠罪，神情恐慌。

還有一次，我出去採買，跟他說因人生地不熟，未能確定速去速回，要是稍有耽擱，而他餓了，可先吃預備好的點心。結果一回來，只見老爺寒著臉，大叫他餓得發抖，那點心他完全嚥不下，一吃就吐。那態度似在控訴，自己跑去逛街玩樂、棄病人於不顧者是何等殘忍！

我終於警覺到，一向輕鬆自在、隨時隨地都能放心睡著打呼的老爺，如今變得很脆弱、沒安全感。果然接下來他開始不敢開車，再變成害怕出門、不願見人；白天有人靠近就緊張，夜晚躺下便呼吸困難，我一離開家，他又怕我迷路、出意外，覺得我該回來了，竟坐在院子裡盯著大門口等。如此為期整個冬季，之後才一點一滴復原。

顯然，這下輪到我像留心水晶娃娃一樣端捧著他了。給他切水果，切到不夠好的，立刻「淘汰」留給自己；這說沒關係、那也講無所謂，還不時裝瘋賣傻以博一笑。實習了侍候與擔待，我察覺過去揮霍的「情義信貸」原來那麼鉅額，下半生光利息大概都償不清；從各種感受的叢林野戰歷劫歸來，想必他也漸漸領略，小姐並非只是古怪逗趣、不可思議，存在同一時空的人可能生活在完全不同的世界。

那個冬季，思緒如雪片紛飛：這場病會不會就為導正我們的角色顛倒？是不是因為癌症，死別的威脅沉重，所以顛倒的震盪相對下反而變得差堪冷靜消受？若他患的只是小病痛，這種種逆襲能不能陷我於激烈反彈？以生看死不免憂戚戚，顛倒過來以死看生，也許反而坦蕩蕩？

隨著角色層層對調錯置，我們對自己和他人是怎樣的人那些成見，正不斷在鬆動，又脫線、泛起毛邊。

愛情

公公住院期間，有一天婆婆站在床邊，一手托公公的臉，一手緊捏小鑷子，瞇著眼為他拔鬍鬚。公公閉目放鬆，時而嘛嘴、時而抿唇以配合婆婆手勢，來往默契天衣無縫。

公公單身時，自己用豬毛夾拔鬍子，婚後至今五十多年，則全交由婆婆以修容鑷子一根根清除，這輩子還沒用過刮鬍刀。

他倆同齡，二十歲那年農曆二月十九觀音生日結的婚。幾年前有次回小村，發現老屋木頭通鋪上多了張矮桌，公婆說看我習慣盤腿看書，所以買小木桌給我。問他們在哪買的？他們說是去烏山頭「赤山巖」途中。勤勞的公婆全年無休，怎有興致參拜古寺？原來每年二月十九他們必相約去拜觀音，為婚姻謝恩並祈福。這結婚紀念儀式就這樣虔誠地維持過半世紀，除公公入伍那年之外，從未間斷。

公婆很疼兒女，但不會說什麼我愛你，只是常惦念兒女的需要，傾其所有地給予；他們夫妻彼此間也是這樣。

婆婆照料公公的無微不至，就像我娘家媽咪對爸爸的死心塌地。

爸爸一輩子愛乾淨，但晚年有時控制不了大小便，於是，抹屎把尿成了媽咪的日常任務，直到爸爸最後在媽咪懷中安詳辭世那一天。好幾次望著爸媽之間關於屎尿的微妙互動，我總想到人們所謂的愛情。

青春正盛的人熱烈追逐的愛情，本質上可能多屬「自戀」。人們真正愛的也許並非對方，而是愛他「讓我覺得可愛」的樣子，愛「他愛我」的感受，愛「愛著他」的我。

然而，愛情到頭來終究非關浪漫。當一個人走到自己或伴侶的肉體、理智與情感的末路時，圖窮匕現，水落石出，愛情她只問——你願不願、能不能完全地給予、成全？

認真到底的愛情，其實很少人玩得起。

青春的愛情旖旎，婚姻裡柴米油鹽悲歡離合層層過篩的愛情卻是深沉的。婆婆與媽咪都是生於戰亂那一代的女人，她們只上過幾年學，因媒妁之言走入婚姻，就這樣畢生以夫為天，義無反顧地擔當起她們的愛情，幾乎忘了自己。

而像我這樣從小好讀書，自詡只愛真理、執迷於自我開發與完成的人，卻從沒認真相信過愛情，更無意依靠婚姻來保障幸福。相較於她們，我是「很馬虎」的妻子。

婚後，我在家一貫做「野蠻公主」，常以泰戈爾詩句「鳥把魚高舉在空中，還以為那是種慈善的行為」來嘲諷他傻傻獻上、卻惹惱我的各種殷勤，但他毫不介意，隨我怎麼高興怎麼好；而生活諸事稍嫌麻煩的，只消一句「我不會」或「我不管」，他就「忠僕」似地笑笑包辦。久而久之，我竟看不見那是稀罕的寵愛與信任，只當有人「一廂情願」。尤其在「升格」為「母后」以後，我的心只繞著孩子轉，更無餘力注意他了。反正他總樂呵呵，不計較不抗議也不佔位子，如無所不在卻似不在的大氣層。哪知在不注意間，癌已在他身上暗中堆砌，以致所謂「末期患者」轟然成形。

公主還以為他特許的耍賴無底線，答應的使喚也沒有額度，然而這下半場劇本分明不「連戲」。等公公出院，「忠僕」就得迎上自己未知的療程，「公主」也必須快速卸妝，練習扮演婆婆與媽媽她們所傳承的那不可思議的古老角色。

緊鑼密鼓中，我知道我的愛情重頭戲才正要開始。

覺察。

「下營」這地名，會不會是老天給我的一個隱喻？

從藝文雲端，下到稻田、菜圃、魚塭、市場、馬路邊，注視那埋頭苦幹、揮汗如雨的生活底層。

從高傲議論，下到承認四體不勤、五穀不分的真相，甘願從頭練習謙卑實作。

下營，教導頑固自我從浮華攀高處回頭，低下、再低下的人生戰鬥營。

換季

中秋過後，早晚變涼了，因此，又特地回台北家一趟，想再拿幾件厚衣服。

去年夏天正在山裡例行閉關，突然接到一通電話，立刻決定放棄課程，收拾行李，直接趕回台南小村的婆家。

台南天氣很熱，等開始覺得冷的時候，已捱過了秋天、來到歲末臘月了。

起初，行李中那些為打坐準備的禦寒外套和披肩都還管用，但漸漸地，越來越感覺風寒刺骨，於是趕在過年前回家一趟，為先生和我自己補充了一行李箱的冬衣。

又到冬季，沒想到，轉眼就這樣住在小村超過一年了？

其實，可以說我是退休返鄉，但「私人家當」就幾件行李的日子，卻也像是在旅行中。我到底是這小村的歸人，還是過客呢？

這次回台北，心情寬舒許多，一個人宅在家裡好幾天。打包幾件冬衣後，乾脆好好整理衣櫃。

那衣櫃還停留在去年夏天的狀態。棉裙、絲巾、洋裝，還有各式薄衫掛了滿櫃。

我把它們一一取下、摺好，擺進收納抽屜；然後換收納抽屜裡的冬衣掛上衣架，或置放平常抽屜。

就這麼件小事、年年必做的小事，居然消磨了將近一天。

這當然是因為過去一直很忙，不可能這樣任性「磨菇」。此外，可能過去跟這些衣物太親密，好比天天「同台」的夥伴，春夏秋冬轉場不休，如今步下舞台，轉身回頭，才恍然看見這些「戲服」是多麼漂亮，又想起自己如何與它們相逢、穿著它們出出入入多少「角色」的故事。

那件硬領白襯衫，要搭黑短裙和黑色小西裝外套。那是專為出席評審會議和主題嚴肅的座談會所準備的。我很少這樣的衣服，應該是有時需要一副知性的架子和權威的排場。

那些似乎飄著檀香和符咒氣味的布衣，多來自東南亞及少數民族區，屬於早期服裝。記得有位主管曾說：「怎麼妳的衣服都好像要穿去浪跡天涯呢？」我不輕易丟棄衣服，因此都留著，偶爾也還穿，但後來已喜歡了別款。

我漸漸講究布料，還要安穩的色調，欣賞那種端莊秀氣間暗藏獨特藝術個性的。雖然從不研究名牌，但莫名選上的，居然多是日本或義大利的設計作品。顯然，我能隨性花用的錢多了，但背後原因可能是，我對自己、或說對別人的要求不一樣了，我想強調自己嚴謹的品質，同時又提醒人家注意我的浪漫不羈？

我穿著它們遊走廟堂市井，採訪三教九流，按自以為是的腳本，一次次粉墨登場，直到覺得再也演不下去。

幾件冬衣原本都掛好放好，想想，又改收進收納抽屜。並非不愛了，而是穿它們怎麼下廚、下田？對現在的我來說，菜市場那種耐洗耐磨、損壞了也不致心疼的輕鬆居家服，才是上好道具。

只是，那些收起來的衣服何時再披掛上陣呢？也許身材走樣，從此再也穿不了了？誰又能確定，下一輪季節來臨時，自己依然健在？如果不在，最適合當它們新主人的，會是誰呢？

年年換季收納，都不曾認真想過這些，怎麼這回卻「多愁善感」起來了呢？

也許是，經過這一年小村生活，我的人生也悄悄換季了！

空中飄浮的根鬚

小村傳統掃墓日不在清明節，而是歲暮「大寒」時節；而那日也不帶香金供品去祭拜，而是扛鋤頭斧頭鋸子鐮刀，直上山丘墳區「墾荒」。

結婚二十餘載，直到近年才首度參加婆家家族掃墓。第一次去時，我還奇怪怎就「純掃墓」，也不行禮祭拜？而後方知，墳墓只是祖先們的「戶籍所在地」，「通訊住址」早就遷往家裡的祠堂，所以掃墓就只掃墓而已，祭祖都到年終才在祠堂盛大舉行。

第二年再去時，我心裡便不再嘀咕怎這樣不莊嚴慎重，但還是忍不住想像，婆家祖先們盯著我交頭接耳說：「這係啥米人啊？淡薄仔面熟面熟，舊年有見過……」明知這樣的想法「不大正經」，但在一行「姻親」隊伍中，我仍難免看自己猶似「外人」。

年終依長輩指示準備了三牲四果一大桌，外加「拜公嬤」專用金紙，跟著行禮如儀。香煙縹緲間，霎時連接上遙遠的外婆家童年，驚覺這之間已隔四十年歲月。

拜拜是這小村家族的傳統大事，一年到頭都有節目，以農曆七月來說，總共得拜四回合，每次都一樣必擺一大桌三牲四果鹹粿，特別是一鍋生米一枝嫩薑和一包鹽。可能在古早清貧年代，米、薑、鹽湊一湊便象徵山珍海味，各路好兄弟對人們的誠意就心領神會。

這些拜拜頗費周章，且燒一大堆金紙，但卻又讓人覺得不過形式化而已，像是「玩假的」，再沒童年阿嬤家中元普渡那種敬畏森森的氛圍。當然，也或許一切只因我自己變了。

我認真提議，新時代祭儀或可一律改以鮮花素果誦經替代吧？長輩們聞言立即搖頭，強調傳統為大，輕舉妄動不宜。

每個家族都有長年累積的傳統，媳婦就像從原生家庭來的「新移民」，得重新學習另一個家族的文化。這道理我自以為早就了解，但回婆家定居後才發現，道理只是道理，了解也只是了解而已，生活適應未必能講道理，文化融合也不是了解了就算。

大學時代有個同學說，她嫂嫂因受不了她家初一十五拜拜，和準備拜拜那一大套而離婚，那時我滿詫異，覺得會不會太小題大作了？但現在我已多少能體會那嫂嫂複雜的心情，雖然這樣拜拜對目前的我來說還不致構成困擾。

曾經和老爺在小村裡散步，靜夜星空下，溫暖的人間燈火戶戶相連，我卻莫名感傷起來：「怎覺得這裡也不是我的家？」心下無限惆悵。

然而老爺卻似聽到什麼笑話，哈哈爆笑說：「妳又在演苦兒流浪劇了啊？」接著開始數算：「……這個是妳的……那個也是妳的，爸、媽、我和來福也都聽妳的，這裡怎會不是妳的家呢？」最後又總結一句：「其實妳在哪，我們的家就在哪啦！」

小時候我「寄養」在外婆家，稍長嘗試融入有父母手足的新家庭，十五歲之後都獨居在外上學就業，直到結婚才在台北建立一個小家庭。那明明是親自打造的，但為何卻又認為台北畢竟是「異鄉」？

只是，我的故鄉何在？外婆家早已人事全非；由於少小離家，娘家也從沒屬於我的房間。如今台北家儼然被兒子接收了，而我就這樣帶著一點日常必需品落腳於小村，從頭適應婆家的生活方式，說是遷居，但不也滿像long stay的旅人？

大自然中有種植物的根鬚不著土，卻在虛空中，它們把自己活成看似什麼都不需要的存在，只要根鬚能依附於任何小小的表面，便是在大氣中有了棲身之地，也就能無爭無求地活下去。是個人身世因緣之故，還是父系社會女性的宿命？為什麼「歸屬感」於我，恰如那空中飄浮的根鬚，天涯處處可為家，卻又都不是家？

中年歸零的感覺

天微光，帶小狗去田間「灌溉」兼「施肥」。路邊一群老人圍著剝菱角，其中一位阿嬤抬頭招呼：「阿妹ˋㄚ，妳今日哪ㄟ卡晚？昨暝真好睏喔！」

小村年輕人口外流，多剩老人守著老家，田間農事和市場生意至今仍由他們主場，從早到晚沒一個閒著。像我這樣每天有空散步、不知是歸人還是過客的歐巴桑，居然還有機會扮充「阿妹ˋㄚ」？走著走著，不禁為這有點老糊塗卻很慷慨的親切偷笑起來。

還有一次散步穿過田埂，被一個正在巡田的阿公攔路「盤查」：「妳是外勞ㄚ嗎？」我搖頭笑答不是，是某某家的媳婦啦！

「媳婦？妳這呢少年就做人媳婦喔？」

不能說阿公糊塗，在這盡是阿公阿嬤的小村，即便「大嬸」也還算「少年」，而白天在外走動的青壯女子十之八九真的是外勞。唯一令人納悶的是，回程又遇到阿公，這次他叫我某某人家的媳婦，但卻追問：「阿妳哪ㄟ曉講台語？」

我看起來不像會講台語的人？或像「外籍新娘」？還是？這是個有趣的疑點，但如今我離開熟悉的環境與工作，沒頭銜也沒職業，僅只是某某家的媳婦，比起那偶爾幽幽掠過心底的、關於「自我感」的疑惑，這就顯得微不足道了，所以我沒再追問。

關於自我感，有件事是我離開媒體圈才真看穿的。

埋首其間二十幾年下來，不知不覺看自己竟不是「普通百姓」——倒不是自以為超人，而是認定自己有保持超然、監察社會並及時反應的責任。因此，我不加入宗門黨派，習慣冷眼旁觀大眾狂熱，一發現生活中的公共問題便反射性思考「我」（媒體人）能為這做什麼？而且也相信自己真能幫助改善現況。

其實我不是大眾傳播科班出身，認為媒體人當如何，純粹出自對社會影響力那份最初的虔敬，也可說是一種天真理想，從不把媒體工作等同餬口的職業，而是肩負著某種使命。

難怪九二一大地震時，徹夜關切各地災情，隔天又急赴報社看能做什麼，但根本沒人要求一個副刊主編這樣；也難怪後來媒體生態大變，報社被局勢押著一路向下墮落，我竟不惜心愛的工作和優厚的待遇，執意求去，但其實多數識時務者會說，那不干他的事，只擔心遭裁員，有班照上就行。

原來我對「媒體人」角色「入戲」那麼深，以致後來在其他工作上明明什麼問題都沒，但就覺得不對勁，心茫茫、腳浮浮，好比斷翅鳥、沙灘魚。

其中有位老闆還說，你們媒體人當慣了無冕王，向來養尊處優，要轉業本來就很難。真這樣嗎？我不知道，但我確曾以為媒體人真正的老闆是良心和正義，所以好像常理直氣壯，什麼人都敢約、什麼地方都敢去、什麼國事天下事都敢關心。

後來漸漸醒悟，不，應該說才「甘願」醒悟：付我薪水的其實是廣告商，連老闆都仰其鼻息；幾乎什麼人都樂意見我、什麼地方都歡迎我，其實跟我一點關係也沒，人家是在應接一個媒體；至於那些大事，媒體始終只是搧個風、點個火、包裝個話題，便又忙著扒挖下一條更有賣點的新聞，其實未必對自己可能移風易俗淑世的效益認真，而我也可能只是耽溺於那「銜水救火」的悲壯，以逃避自己渺小又無能為力的真相而已。

印度內觀導師拉瑪那尊者曾說：「自我在醒時萌生、睡時滅去，但真我持續存在，因而在無夢的深睡中，不存在的東西就不是你生命真實的本質。」別說深睡，只不過下個舞台、換個背景，那個自我感就煙消雲散，可見它從不是真的，只是我自己夢裡不知戲一場！

中年歸零格外感覺「赤裸裸、光禿禿」的難堪，但我已知這感覺也不是真的。

摘掉頭銜之後我是誰

回小村之初，常接到職場舊識三類來信或來電：一類當我是查號台，打聽此名人、彼要角的電話，最好我能順便幫忙聯絡，先打個招呼；另一類是問我願不願去接什麼職位。

為什麼找我？分析歸納總不外乎認為我在文化圈「人脈」廣，找錢辦事都方便。這使我不能不沉思默想，在社會眼中，我的「價值」就這樣？服務於媒體二十幾年下來，我不知不覺也變成媒介，只為傳遞、連結什麼而存在？換句話說，人家需要的不是我，而是我常往來的那些V. I. P.？我是靠V. I. P. 在討生活？

我知道這樣說太偏激，不少媒體人離職後轉行做公關，運籌人際關係也需要專業。只是自忖並不擅長交際，過去常參加開幕會發表會等等盛宴，席間大家熱絡穿梭連線，但我只為工作而來，很少樂在其中；即使在報業最興盛的年代，各路英豪爭相來「掛鉤」，我都覺得刻意經營人脈是很累的事，不如安靜做好分內工作，關係隨緣來去便罷。畢竟利益交換的應酬只是過眼雲煙，能真心實意做朋友的，不過少數幾個，再多我也承受不起。

關於那些來信或來電，我多半只給電話讓他自行接洽，也婉謝人家的工作機會，漸漸地這些聯絡就越來越少，過去那個媒體人世界如一只斷了線又漏氣中的七彩氣球，就這樣從我身邊越飄越遠越小越模糊。

還有一類是來約稿或邀請擔任評審顧問推薦人什麼的。這是自己一人做得來的，只要內容性質合宜、時間又能配合，我多半欣然答應，唯一有個麻煩是，而後對方總會問頭銜要怎麼掛？資深媒體人或「前」什麼主編什麼執行長可以嗎？

問題是，我已不在其位，是不是媒體人、資不資深，跟他們要我做的事也不大相干，何必要我擺那架子呢？

這是我們社會的癖好吧？滿街都是退休多年的王董陳總、前部長院長校長，似乎沒職銜等同赤身裸體，叫自己和別人都尷尬，也好像職銜是地心引力，唯有它能將人一個個安在世上定位。

他們可能顧慮人家不知我是誰，質疑我在這裡的正當性。好吧，那就用「作家」吧，作家跟這事能搭，也算合理。即使寫過幾本書，自封作家仍不免忐忑，但我已想不出其他更恰當的。有人退一步謙稱自己是「文字工作者」，但「文字工作者」用在這裡只比「路人甲」強一點點而已，對事情有加分嗎？何況我目前也沒什麼文字「工作」。

他們接受了，但想想又來問，要不要加註什麼作家，例如文學作家、心靈作家或親子作家之類的。我開始無言，只說不知道，不知道該怎樣分類自己。

不然，自由作家如何？他們又問。

到這裡我有點無奈了，若非不願給朋友壓力，真想說你那麼傷腦筋的話，要不要乾脆按所需頭銜快快另請高明？最後，我只能半開玩笑反問什麼是自由作家？有「不自由」作家是嗎？以此表示何必畫蛇添足。

難怪很多自認是號「人物」者，離開職場後總趕緊成立什麼基金會、協會或工作室來重設頭銜印發名片，以方便繼續行走江湖。這年頭「光禿禿」一個人要在公眾檯面上活動，就像沒品牌標籤條碼成分說明的商品要在超市上架，太難了，甚至連稱「商品」都不夠格。

只能說我實在不是什麼作家，人家才會需要說明我是「什麼」作家；而一個人如果真是個人物，光姓名就夠堂皇了，根本毋須再戴亮晶晶的頭銜。

我心裡更清楚，也有人不要姓名，也不跑江湖，完全不在乎人家不知他是誰呢！

生命還原工程

從前有一天晚餐時間在報社中庭，見到一位高階主管獨自在大廳踱步繞圈。我好奇相問，他苦笑著說，一吃東西肚子就脹，非得這樣走走不得安寧。我說會不會吃太飽了，或者肚子根本不餓？沒想到他無奈地嘆了一大口氣：

「餓？我已經好多年沒餓的感覺了，不知餓也不知飽，只是三餐時間到就吃，再沒胃口也必須為健康定時定量吞下去！」

我點頭表示同情，但當時其實不太知道他在說什麼。飢餓、進食不都本能嗎？何須這樣傷腦筋牽掛？

哪知多年後，我也親身體驗了他的痛苦。

職場生涯後期，明明諸事平常，我卻漸漸陷入莫名的厭食狀態，心力交瘁，勉強撐持日常運作。渴望休息，但才躺下，神經卻又一根根豎起，整個人像充飽氣的不倒翁，怎麼壓也無法沉入眠夢之湖。

那時做了健康檢查，也嘗試一些草藥和紓壓物理治療，身體仍堅持「卡鎖」，「無動於衷」，最後只能藉觀呼吸與靜坐稍作安頓，但內心難免困窘恐懼。

困窘的是，連自己身心都不知所措，還一天到晚自以為需要「救國救民」，可不是好滑稽？而想到不知能撐多久，又懷疑有什麼疾病未爆彈，怎能不恐懼？

就這樣，直到與習慣的環境完全切斷，回小村一段時間後，有一天竟不經意聽到飢腸轆轆，如驚聞天籟；入夜倒頭一覺到天明，感覺指尖光滑酥鬆，像麵糰發酵一般。當下心知肚明，在長久斷線後，和內在那個難以言喻的自然法則，如今又悄悄接通了。

伴隨著那接通而甦醒的，不只是舒服的吃喝拉撒睡，更是一種平靜信心。相對於人生許多的「高級」追求，吃喝拉撒睡似乎很「低俗」，然而，別說拉撒睡，現代人可能因沒了自然而深刻的飢餓，所以連吃喝真正的快樂都難擁有。吃喝的極致是一種滿足感，拉撒的極致是一種清淨感，睡眠的極致是一種融化感，三感得兼，大概就是一個人身體本然的快樂吧！那快樂非金錢能買，有時越刻意索求越不可得，身心在其中承蒙安慰與加持，但也在其中面臨貪戀的考驗。

有人說，身體情況好轉主要是因為卸下壓力，但突遭家庭轉折，不得不抽離熟悉的生活軌道，面對變數很多的未來，農忙時還得頂烈日或冒風雨下田，這小村媳婦一點也不比都市白領輕鬆。

我想，其實是因為單純規律的家事取代了複雜多變的職務，日出勞作日入休止取代了沒完沒了的動腦策劃，晴空艷陽下大汗淋漓取代了樓房冷氣裡的涕泗涓滴，可以慢慢依隨自己內在節奏，不再汲汲應和外界步調；或者因為，基於童年農家歲月，我骨子裡本是鄉下野人，回小村其實如魚得水。

原來生活連結土地，起居順服自然，「生命還原工程」便會在默默中啟動。人一回歸簡單狀態，所有自我膨脹會開始「消風」，便發現生存所需其實只有一點點，且很容易就到達滿足界線，除此之外，其他一切鼓動我們窮追不捨、似水無止境的欲望大都人造、非自然，即使賦予再高尚的意義、再輝煌的名堂，終究仍是為別人揮霍的花絮，苦果還得自己消受。

小村當然並非完美天堂，甚至對時下青壯年來說，還可能是埋沒雄心與競爭力的地獄；然而，她來得不早也不晚，正在我對青春鬥志、職業理想、都市生活和浮誇浪費的世風都感到「山窮水盡」的時候。

她以毫不遮掩的偏僻落後，和無從猶豫的單純樸素，為我指引一個「柳暗花明」的新路標，讓我有勇氣對過去忘失自然法則的種種鬧劇說，夠了！到此為止吧！

就以小村為起點，這人生下半場正對我展開一條重新回家的路。

平穩單調之療癒

球鞋摩擦水泥地，一步步劃過窗外簷廊。伯父正出發去散步，那是清晨五點三十分。

摩托車長驅直入，引起一隻狗狂吠，另兩隻接著隨興助陣。送報生來了，那是早上六點三十分。

下田歸來的卡車駛進曬穀場邊的車庫，手煞車鏗一聲拉起，那是上午十點。

鍋鏟瓢盆爐火各就各位，開始日常例行合唱，那是上午十一點。

人人丟下世界去睡覺，四周一片靜悄悄、懶洋洋，那是中午十二點三十分。

叔父推出小茶車和幾把椅子，曬穀場中央響起水沸的汽笛，固定出席「座談會」的兄弟和鄉親陸續現身，那是下午三點三十分。

「少女的祈禱」從村尾由遠而近，垃圾車駕到，那是下午五點。

「風中ㄟ玫瑰，慢慢ㄚ開，惦惦ㄚ水……」連續劇主題曲開唱，公婆準時守在客廳電視機前，那是傍晚六點。

天空交響樂團所有鳥兒都下班了，換青蛙昆蟲接替負責演奏大地組曲，那是晚上七點。

星空下，堂弟抽完最後一根菸，關起祠堂大門，蒼老的檜木門隨即發表一段樸實的謝幕詞，那是晚上九點。

這就是小村老三合院裡平穩單調的生活節奏，光是當下聲響就能老實報時。春雨過後，小村天氣開始轉熱，而我也漸漸熟悉了新生活步調。那恍若永恆不變的日夜交替，巧妙地為生活施行了麻醉，以免萬事萬物分秒不斷變化又無情閃逝的真相令人驚嚇過度。

都市醒得晚，醒來就衝鋒陷陣趕時間，讓人常自奔波中猛抬頭大吃一驚：這麼晚了？但在小村卻恰恰顛倒，早起做了一串家事，還去散了步，然後「飯食已訖，所作皆辦」，一看鐘——啊！還沒八點？

十一點半前備妥午餐，一點前清理廚房完畢，躺在大通鋪繼續翻翻上午沒讀完的書，南風徐來，花窗簾搖晃兩下，不知不覺就睡著了。

下午跟班下田打雜，六點半前備妥晚餐，到八點左右，裡裡外外都收拾好，澡也洗了，夜幕低垂，整村子人車貓狗都安安靜靜，全世界都準備打烊了。

在這沒有7-ELEVEN的小村無須努力練習早睡早起、睡午覺，因為，那可不是天經地義？

而這時都市裡華燈初上，很多人剛下班或剛要找餐廳吃飯，馬路上熙熙攘攘，五光十色的夜生活才正熱烈登場。

任職報社後期，一度夜裡難以入睡，但早已習慣黎明即起、又沒時間午睡，以致身心俱疲，連吃飯都累得沒胃口。那時曾渴望嚴格執行像阿兵哥一樣的規律作息以調整生活，偏偏報社工作常有突發狀況又分秒必爭，一篇稿子一張圖片卡住就像警鈴大作，掐著人非得立刻處理不可，什麼規律都得踢到一邊去。

我曾試過各種辦法力圖改善失眠，但效果有限，誰想到回小村沒多久，竟忘了煩惱睡不著的問題，因為每晚躺下去還來不及煩惱，我就睡著了。

哪料到我求之不得的「阿兵哥一樣的規律作息」，就在小村的平穩單調裡實踐了。由於曾經慌亂虛脫，我才能體會這生活節奏給了我多大的保護與祝福，讓我彷彿在突來的人生風浪中抓到一塊堅實的浮木，不致倉皇滅頂。

回憶過往，我想我一直活得很緊張，只是久而久之成了習慣，自己渾然不覺。緊張是什麼？與其說緊張是不知或不能放鬆，倒不如說是因為看得太重，所以不願或不敢放手。

練習放鬆大抵是含著糖衣而已，徹底看輕才算吃到糖衣下的苦藥。看輕所以提得起，提得起所以放得下。

而我到底曾把什麼看太重？又為什麼放不下呢？那可能不是某個東西，而是複雜的欲望與恐懼糾結而成的一團莫名其妙的怪物。

也許就這樣默默在小村過日子，那些緊張便會一片片鬆脫、一層層解散，到那時我自然知悉什麼本不屬於我，也才能抽身將那怪物看個明白。

會贏的媳婦

第一次到下營那年，我二十歲。

記得搭南下火車到新營站，然後在站前右側過馬路，轉搭興南客運。

那興南客運舊舊的，沒有空調，但每個座位的玻璃窗大開，灌進來溫溫的風沙，一路都是混合陽光與泥土的種種氣味，特別是經過禽畜養殖場時。

印象最深的車窗即景是，大片稻田連綿無邊，就那樣坦蕩蕩攤在天底下，毫不遮掩。

那時我以為，我只是去學長鄉下家走馬看花、增廣見聞，完全沒意識到，這叫下營的地方有一天會成為我戲夢人生的重要場景。

即便後來莫名其妙嫁給了這位學長，成了下營媳婦，我也還以為自己將只是下營的年節過客，不能想像定居落戶。

雖然明知公婆總有一天會老到需要隨侍左右，但總以為現在設想還太早。

也許，我根本不喜歡住下營。

這不為城鄉差距問題。我在外婆家田野度過整個童年，對農村其實別有親切感。

我想主要原因是，我太依戀樹林。

向來住處不是山邊草木茂密，就在曲徑幽巷，下營給我的直覺印象卻是，一律平坦，一望無際；婆家那大家族老三合院更是前開後敞，直通通、大剌剌的，讓我莫名不自在。

豈料因家人突發重症，生死交關，我不得不擱置台北種種，就這樣匆匆回到三合院，擔起全職看護和唯一媳婦的家事責任。

網路維基百科關於台南下營區的資料，把婆家三合院「中營邱宅」列入「歷史建物」，說她「約建於日治昭和八年（一九三三年），為中營地區代表的日治時期農家三合院民宅」。不知這是誰寫的、根據的是什麼？

據台電保存的配電申請資料，婆家是在一九三一年裝置電線電燈的。也許那是舊宅，後來才翻建成如今的三合院，但也有可能這純以檜木建築的老屋，歷史比維基所記的更悠久。

台電前身、日治時代的「台灣電力株式會社」，成立於大正七年（一九一八年），同年在台灣西部建成輸電幹線貫通南北。所以，中營邱家可算台灣最早使用電力的那梯民家吧？光復多年後，很多人家都還沒通電，更何況那時尚未光復。

又聽長輩說，設計我們家那棟坐北朝南三合院、與翻修村裡古剎觀音寺的，可是同一位「唐山來的」師傅。這麼說，當年邱家在地方上堪稱「大戶」？

不過，中營最大姓是「馮」。地方上流傳著一句俗諺：「馮仔房孫，沒一甲嘛有八分」，形容馮家土地多到子子孫孫都能分上一大塊。中營卻僅只一戶姓邱，後來，橋南仔一帶又遷入另一戶，並無親戚關係。

真好奇邱家先祖到底是何來歷？

據知邱家近代男丁稀薄，祖輩有招贅來的，也有過繼、收養來的，並非單純一脈相傳，再加上天災戰亂，族譜資料早已散佚無蹤，我曾試著搜讀幾本相關舊書方志，但也沒找出什麼蛛絲馬跡。

然而，比起搬回小村後，立即迎面而來的生活現實，那些悠遠故事相形下不過風花雪月而已。

以居住來說，這老三合院裡有許多「神秘房客」，飛的蝙蝠、蟑螂，爬的大蜘蛛、壁虎、衣魚、衣蛾，鑽的白蟻，還有整夜蹲在暗處吊嗓子的蟋蟀……即使刷洗消毒無所不用其極，把潔癖發揮到破表了，但鄉下就這樣，各種小生命天生天養，自然繁昌，老屋傳統工法又不密封屋頂與牆面交接處，我哪能管制這種「會呼吸」的房子日夜「交往」的對象？

起初這讓我頗緊張，但害怕是沒完沒了的，久而久之也漸漸習慣。畢竟若要算先來後到，我才是該客氣點的「新移民」。

完整過了一個春夏秋冬、稍稍進入狀況後，許多修繕構想自動萌發，我開始一點一滴著手施工，在新舊取捨間不斷拿捏折衷，生活裡儼然多了個修理古宅的樂子。當然那也是負擔，讓我時常忙到天黑，倒頭就睡。

再說飲食，我畏懼葷腥，但公婆卻是無魚無肉不成餐，且奉生猛野味為滋補聖品。這似乎是地方風俗，也是成長於貧困時代的農村上一輩的飲食共識。

從小村婚喪喜慶、年節廟會流行的「辦桌」，就可見一斑。連上十二道大菜是基本禮數，每道菜還得真材實料、分量十足，一場宴席下來，從雞鴨鵝豬、鮑魚、鱘龍魚、龍蝦、紅蟳、魚翅，到鱷魚、牛蛙、鳥蛋統統列隊報到，令我瞠目結舌！

雖不敢吃，但順隨長輩心意，我終究還是咬牙、皺眉、睜隻眼閉隻眼，學會以中藥煨鱔燉鱉燜泥鰍，還知道虱目仔分魚肚、魚背、魚骨、魚腸，各有傳統食譜。

昔日媒體圈朋友問，在鄉下不會很無聊嗎？其實根本沒時間無聊，光實驗如何與老宅老人共晨昏，就消磨我許多心思，何況還有各種生活考題層出不窮，正試探我到底多固執，又有多少能耐。

南台灣太陽終年熾烈奔放，下營又在山海間廣闊平原的中央，四周全無屏障，首先就是得「耐熱」；其次，洗衣、買菜、煮飯、清潔、收納、醫院藥局進進出出，日復一日，還得「耐勞」、「耐煩」。

最尷尬的是，在這裡我頓時成了一個沒名字的人，只是「某某家的媳婦」，過去工作累積的一招半式全無用武之地，下了田又立刻暴露虛弱窘境，只要一組小黑蚊就能讓我軍心潰散。這「中年歸零」還得耐「自我泡沫化」。

不知道「下營」這地名，會不會是老天給我的一個隱喻？從藝文雲端，下到稻田、菜圃、魚塭、市場、馬路邊，注視那埋頭苦幹、揮汗如雨的生活底層。

從高傲議論，下到承認四體不勤、五穀不分的真相，甘願從頭練習謙卑實作。下營，教導頑固自我從浮華攀高處回頭，低下、再低下的人生戰鬥營。

慢慢地，我在這裡認識了一些人。

他們有的是栽種經驗超過五十年的文旦通、家族豆菜麵的第三代；有的是村子裡公認的採菱高手、僅存會修老瓦屋頂的師傅、每天清早推老人到天后宮燒香的印尼幫傭、年年夏季都蹲在門口剝破布子的阿嬤、照顧嘉南大圳在村子裡這段放水關水作業的阿公……

他們有的賣給我自家種的蔬菜和果園放養雞鴨當日所下的蛋；有的教我認識野地可食青草、藥頭仔；有的跟我說他少年時曾趁農閒去打工，把幾十公里的鐵軌枕木一一挖起來換成水泥條，親手參與了台灣鐵路電氣化；有的帶我參觀她白手起家、至今仍穩健經營的碾米廠……

這些和過去的朋友非常不同的新朋友，帶領我進入另一個新世界，讓我聽到不同的語言、見識到不同的價值觀，也欣賞到不同的生命丰采。

「下營」的考驗仍在持續進行中。

我期望自己通過磨練成為稱職管家，有能力重新善用家裡的土地，憑靠農耕、手做，過自給自足的簡單日子，還要能讓公婆感到放心安慰、安享晚年。

但事實是，每一項我都還差得遠。

不過，下營還有個有趣的別號——A贏，那是台語的巧妙諧音，意思是「會贏」。會贏的農會，會贏的特產名物黑豆、鵝肉、蠶絲，會贏的勤勞樸實好鄉親。

這也正是老天給我的一個鼓勵吧？叫我要以淡定歡喜心，超越無常風浪，相信自己就是「A贏」的媳婦。

角色

人到中年，生命中許多角色的面目才清晰起來。對於喜歡的角色，我們期待更多更好的劇本，希望繼續不斷演下去；而不喜歡的，則想趕緊修改劇本、跳脫戲路，以便更換新角色。

然而，兩者未必都能盡如人意。

有時要看緣分，有時是因為，角色儼然有了自己的威力，它反過來制約，把人綁架在一再重複的戲碼裡。

例如，有人和公婆十分相投，奈何後來婚姻中止，標準好媳婦的角色不得不隨之落幕；而有人明明是稱職的妻子、母親，還是出色的專業工作者，但和公婆之間莫名形同水火，連自己都由衷感慨，並非不想修復關係，但不知為何每回遇到公婆，就不自主地露出連自己都討厭的惡媳嘴臉。

回頭檢視自己一路以來的諸多角色，不管演得好不好，都還算演得確實，唯獨「媳婦」這角色一直是模糊的。這當然是因為我只不過偶爾回小村探訪，從未和公婆同住；另外也因為，我並沒有真心接受和欣賞婆家的生活文化。

記得結婚那天，大中午烈日壓境，公婆在三合院搭棚辦桌設宴，感覺似乎整村人都來了，曬穀場上鬧烘烘，每張圓桌都鋪著紅色塑膠布，桌上堆滿飛禽走獸生猛海鮮等現殺好料，外加十全大補鱉，桌邊還有高過椅子的巨大消暑冰塊，冰塊融化中，冰水加汗水橫流，滿場濕答答……這與我心目中的婚宴實在「差很大」，但知道他們非常開心也極其用心，也只能「睜隻眼閉隻眼」行禮如儀算了。

在祖祠「奉茶」時，搞不清的一串祖母、姨婆……在堂前一字排排坐，這個拿起糖果說：「吃甜甜乎妳明年生後生（兒子）」（台語押韻），那個舉杯一仰而盡說：「飲搭搭（乾乾）乎妳明年生一個有卵葩」。哇！講這樣？害「文藝路線」新娘差點笑場穿幫！至於她們賞的粗重黃金首飾，每件看起來都像用來拴牛的，婚後立即被我束之高閣，再沒翻過。

後來又驚訝這家人怎麼都那麼能吃，吃那麼多那麼快，講話又那麼大聲，來訪不通知，進房也不敲門，什麼都大剌剌。雖然明知他們都是率直好人，但凡此種種都讓我覺得格格不入，心煩時甚至還暗怪人家「土俗粗魯」。

就這樣，我和婆家保持著禮貌距離，反正公婆和我們各自有工作和生活，多年來倒也和樂無爭。直到二十多年後、二〇一二年夏天回小村定居，我那空洞的「媳婦」角色才開始一點一滴充實內容。

我首先當起公公住院的看護，期間「親戚五十」（台語，指各系族親）紛紛來探病，恰好為我惡補多年荒疏，讓我開始慢慢重建一張家族關係網絡，透過傾聽病床邊的閒話家常，網絡裡的角色又一一鮮活起來，他們的生命故事正深深吸引著我。

接著我進駐家裡廚房，接管一切膳食、日用採購，在這陌生的小村及其臨近城鎮迷路幾次後，也漸漸摸索出一套生活「支援系統」，並在種種別於台北的差異中，欣然發現小村日子的獨特趣味。

只因自己眼睛感光範圍窄、層次淺，往昔許多人事物原來都不曾在心上顯影，就這樣匆匆擦肩而去，從我生命中悄悄流逝，如今才察覺我錯過了、也誤會了許多，但相信這中年回眸，仍來得及讓我捕捉屬於小村媳婦的一段輝煌。

全面接收婆家廚房

深秋，先生終於結束一連串療程，回家開始努力恢復日常生活。之前奔波於醫院，到那時總算稍微「塵埃落定」，我的「小村生涯」也才正式揭幕，但並非以藍天綠田斗笠村姑「初登場」，而是綁頭巾繫圍裙、沒日沒夜團團轉的「廚房狂熱分子」。

起初只為幫先生調理一天至少六頓的流質特餐，我竟大肆接管了婆婆的廚房，從冰箱、櫥櫃、流理台到地板、天花板都按我的邏輯與標準徹底整頓，一絲不苟。家人看我連日埋頭苦幹頗心疼，頻勸收工，但我一律嚴肅回絕：「不行！不整理好怎工作？」一直到某日黃昏，「回光返照」自己那孜孜矻矻，不禁啞然失笑，霎時過去在職場諸多「龜毛」行徑歷歷在目，那些曾暗自引以為豪的堅持，回頭冉看，有些算是擇善固執，有些則簡直蠻橫、孩子氣。

該慶幸婆婆沒跟我一樣的毛病。自古以來光一個「我的廚房」不知引爆多少家庭戰爭，難怪「另起爐灶」各自開伙總是「分家」最鮮明的象徵。

同時，我也順勢「篡位」當家主廚。從前我們在台北家雖然很少外食，但掌廚的多是先生，他好吃又愛做，不像我總希望煮食越簡單越好。婆婆雖有一套傳統台南廚藝，但農事太忙，又長年關注生意，已無餘力精細烹飪，後又因舊傷無法久站，更覺得下廚吃力，這下有人要全盤接收，她正好就此「淡出」廚房。

這主廚除三餐還得準備上下午茶點。都市裡喝午茶是風情氣派，但對農村下田操勞的腸胃來說，兩餐之間太遠，午茶是中繼站，純屬生理需要。

自知生手未必能勝任，但小村外食不易，雇人更難，先生又需特製食物，公公痛風、婆婆過敏，兩老都不能隨便吃喝；另外，公婆認定必須吃肉才滋養，而我卻怕葷腥，因此不管是為人還是為己，我都得硬起頭皮親自提鍋上陣。

於是我認真摸索小村菜市場和周邊市鎮的採購路線，以及公婆的飲食規律與習慣，光是早晚餐都在六點半前、午餐在十一點半前準時開飯，就讓一向慢條斯理的我壓力滿大，每日天亮睜眼衝進廚房，一忙就到天黑。等我對廚房裡外工作節奏稍有把握、不再手忙腳亂，略可進一步檢討廚藝時，匆匆已過那個冬季了。

這才漸漸意識到，自古埋首廚房的女人何等偉大！現今自來水、瓦斯爐和各種廚房電器一應俱全，大家還嫌下廚麻煩，從前煮茶都得先挑水劈柴，那多累？而且日復一日、全年無休，若無非常耐性、愛心怎受得了？或者是，廚房深處藏著生活真味，她們從中享受的歡愉是被速食麻木的現代人難以領略的？

某次藝文座談會上，有位同台女士當眾說她從小立志做「才女」，婚前便先聲明可不能要她回家煮飯。當時我隱約覺得聽起來有點怪，好像她認為回家煮飯會折損、甚至埋沒才女？我也立刻聯想到婆婆媽媽那一輩大都以經營廚房為使命的女人，她們難道不如才女？

經過小村廚房這番「臨時抽考」，更發現「回家煮飯」可以更上層樓的境界無有止盡，其中所需本事可一點都不少於出外打拚作「才女」。只不過社會風潮此一時彼一時，現代女性多追求持家以外的自我價值感、成就感。

其實，國民教育怎好只重英數理化或什麼國際觀、創造力？烹飪、裁縫、土木、水電、農耕等技能，不是更基本的生活才情？當然不必人人皆為箇中翹楚，但起碼要有動手參與的能力，這樣會不會更有助於人生的平衡與完整？

花花世界吸引人的遊戲太多，而日常飲食料理太深奧又太平凡，以致很難使人用心對待。因緣際會下，我被「關進」小村，不得不老實重修廚房功課，也許這會令才女扼腕，但我覺得真是正好！

家庭劇場婆媳戲

某日在小村菜市場。

有位太太抱怨，妯娌都住得遠，久久才回來一次，公婆對她們好客氣，而住一起天天任憑使喚的她卻老被挑剔。

菜攤老闆隨即附和：「近的總是吃虧啦！」

她們錯了，侍奉父母絕不「吃虧」。

然而，這倒也如實反映了人情尷尬——相愛容易相處難。

相愛屬理想、可抽象往來；相處卻很現實，得面對面、具體應接。偏偏生活瑣碎易磨損角色包裝，讓相愛的人赤裸裸、彼此衝擊。

我是公婆唯一的媳婦，早認定得擔起全部侍奉責任，但這不等於我已準備好回小村與他們同住，或能單靠一個認定跳過磨合期。

先生剛出院那時，我隨之正式遷居小村。所謂「正式」並非辦了什麼儀式手續，不過是匆匆回台北一趟，運下來一箱衣物和廚具，了結之前靠隨身行李奔波於醫院和小村之間的「寄旅」狀態。

而後我立刻接手廚房，全按自己習慣重整。所幸婆婆脾氣好度量大，默默順勢移交「煮權」，換作我，不知會不會覺得被媳婦「侵犯」？

即使這樣，一開始單單飲食這一項，反倒是我就常懊惱被婆婆「冒犯」。她覺得沒魚沒肉便吃不飽，即使煮滿一桌素菜，仍問：「哪ㄟ冇尼配（台語，怎沒配飯菜餚）？」她也不接受糙米飯或白米飯中攙雜糧，認為那簡直開倒車作古早人。初期先生只能強吞流質食物又爆瘦，她非常憂慮，因而日夜不斷要我煮煮煮。平常我還能好言安慰，心煩時真想叫——我不會虐待妳兒子啦！

還有更苦惱的。她好歡喜活捉鱉或像蛇的鱔魚之類野味回來，要我快快現燉。這讓過去幾乎不煮葷腥的我好痛苦，但公婆對其「營養」有絕對信仰，先生也不便違逆，到頭來我只好咬牙閉眼，順老人家意思。

有次她帶回一大袋看似乾柴的木片，說是珍貴「藥頭仔」——刺仔，「焢大骨、燉豬腳最補」！上網調查才知那是金合歡。還有更多無從查考的神奇植物，無非是「聽人講效果真好」，效果則不外乎退火、健胃養肝、通血路、固筋骨。我說亂吃不安全，她堅持「天然ㄟ冇敗害」。

她還會叨念某某也罹癌，都有在吃藥，為什麼我不要求醫生開藥？雖已盡可能說明療程及後續追蹤計畫，但她仍若有所失，老催促去就醫檢查。

我想，除非先生自己抉擇，若我堅持「自然療法」、「生機飲食」，真不知日子怎麼過？諸如此類差異衝突，光相愛或可彼此尊重包容，但落入相處，每項細節都可能變作對個人認知、品味、價值觀，甚至是人格的尖銳挑釁。

自古都說「婆媳問題」，而丈母娘看女婿越看越有趣，好像女人彼此天生好鬥，但事實恐怕是，父系社會中，女婿丈母娘多半只短暫維持賓客關係就行，而嫁入夫家的媳婦卻不免須與婆婆相處。同住屋簷下的丈母娘和女婿，鬧到叫警察的，不也大有人在？

婆媳問題相對多的另一原因應是，婆媳間的第三者是那兒子，丈母娘與女婿間的是那女兒，女人一般較懂兩邊安撫，而男人多粗心不耐煩，常一出口就雪上加霜。

比起要女婿理解丈母娘，媳婦體會婆婆應該容易些，尤其有了孩子後，更能同情為人母者總不自覺墮入「媽媽神經質兼偏執狂」。「難道妳不能體諒可憐的老母心？」我就是靠這一句捫心自問，才一再從婆媳緊張中鬆脫。

別過度投入角色，便能隨時轉身下台，更清楚看見另一個人妻、人母的處境；是那個看見軟化了對立之心，使我甘願撒個嬌或耍個賴，輕快「混」過一切爭執。

不敢相信我這樣「龜毛」的人有天會用「混」字訣演出小村媳婦！不知這樣好不好，但至少目前這招還管用。

感謝婆婆讓我轉變，通過這些轉變，將來我若是更可愛又更好相處的婆婆，那就不枉這人間家庭劇場吧！

三合院生活選擇題

很多人來到我公婆家說的第一句話都是：

「哇！現在還有這種老房子啊！」

這種老房子是一棟坐北朝南的三合院，木梁、磚牆、覆以陶片板瓦，環抱一個大過籃球場的曬穀場，主建築歷史已近百年，新建物都在外圍，無礙原本格局，屋後還連著一片兩代祖先耕耘過的田地果園。

這種老房子雖已不常見，但並不算稀罕，台灣島上從北到南都找得到，比較難得的倒是三合院裡竟還維持著古早大家族生活，三兄弟各住一邊，大哥居正廳，大弟小弟分住東西廂房，平日常相聚庭院喝茶聊天。

第一次拜訪此地時，我還是個大學生，好奇跟著到學長鄉下老家遊玩。那時三合院裡還沒有現代馬桶洗手間，老茅廁設在正廳後方竹林裡，那茅坑的氣味與風景包準都市小姐退避三舍，甚至回頭重新考慮是否與這家的孩子繼續交往。

但那沒嚇到我，因為那不過是我在台中濱海外婆家長大的童年農村經驗之一。

彼時嘉南平原艷陽經老屋古樸的窗櫺過篩，頓時火氣全消，變成輕盈的光影在石灰牆面上跳著舞；安裝和室拉門的木板通鋪收拾得空無一物，只有午後南風陣陣穿梭，吹得人懶洋洋、鬆散散，我一時感覺很熟悉自在，居然就那麼倒頭睡了午覺，完全沒夢見有一天會成為這個家的媳婦，更不能想像將來會住進這三合院過生活。

結婚這麼多年來，對我而言，三合院都是「公婆的家」，我們只年節回來作客而已，三合院宜居與否，公婆說了算，我都無所謂；但那卻不是真的無所謂，如今回到小村，天天生活其中，心下「疙瘩」便一點點浮現了。

首先，我覺得屋子前後都有通道，隔音又差，每個空間似大剌剌開敞，根本沒個獨立隱秘的角落。為此，屋裡用了不少窗簾門簾，偏偏那布料顏色與環境完全不搭。還有地磚實在太花、木梁本色不是好好的，幹嘛上油漆？整體上漆也就罷了，怎麼東一色、西又一色？廚房尤其可惜，明明有大門大窗，空間足足是我們台北家廚房的四倍，卻這樣不方便……。

但那地磚是公婆於半世紀前某日合力ＤＩＹ的，布簾油漆廚房也無破損還堪用，除非心狠手辣的「討債」（台語，指揮霍、不惜福）媳婦，否則怎能到處嫌棄？

於是，這三合院像一口醬缸，悶得我種種生活習氣爭相發酵冒泡，若非如此，向來自以為簡樸的我，不會承認自己這些年來不知不覺把生活過得越來越考究，也越來越麻煩，幾乎已遺忘了童年那最初單純的日子。

其實真要「全篇整編」這樣的老房子可是非常工程，而一段段「局部刪修」則須考慮前後搭接是否通順，還有可否巧妙預留伏筆以待來日補充演繹，也很不簡單。

有一天只為徹底打掃一個房間，最後我竟雇工拆了四十幾年前加裝的、已滿布潮漬的天花板。當四米高的大梁和紅瓦露出時，我灰頭土臉站在一屋廢料塵垢中歡呼：「哇！舒服！」老爺則瞠目慨嘆：「頑強的女人！」

在那空房間，我左看右瞧、朝思暮想，決定不再做天花板，並從A計畫退而求其次，改採暫時權宜B計畫。

為免冒犯公婆那輩老人家絕對節儉的美德，我必須以不添購家具和花費最小為前提，來進行這老房子大大小小的整頓；換句話說，回小村以來，我不得不周旋在一連串居家修繕B計畫中。

A計畫總稱心快意，常令人不禁顧盼自雄，然而，人生不是時時能照A計畫，這三合院以歲月的履歷和鄉土的拼搭坦白告訴我，如實執行B計畫更需要A計畫裡沒有的一份安忍豁達，還有，一點幽默感。

廚藝修鍊的秘訣

在廚房切切洗洗時，偶爾我會想起一位朋友。

她大學畢業後只上班很短時間便走入婚姻相夫教子。我們這一輩女子大都追求專業能力，希望以此在就業市場上擁有一席之地，像她這樣安於家庭的，可謂鳳毛麟角。然而，「持家」正是她的專業能力，孩子長大後，她還以教人持家創建了自己的事業，關於烹飪、親子教養、夫妻相處、收納布置等大小家事，都有自己的一套，充滿自信。

她跟我說，因受母親影響，她從小就很愛也很會做家事，這樣的選擇與發展對她來說都是「順其自然」而已。聽起來簡單，其實不容易。一路上冒出許多選擇也很「自然」，選擇必有所取捨，若不是非常明確自己真心看重的價值，怎知如何選擇最順其自然？又如何能不因東張西望而動搖？

而我的選擇是順其自然嗎？

跟她相反，我大學畢業前就開始上班了，直到孩子二十歲才退休回家。這之間我追求了什麼，又可能荒廢了什麼？其實家裡並不一定需要我去上班，家事帶給我的快樂也不亞於職業，但長年來我卻因職業而讓家事將就著，雖自認已盡力兼顧，但參觀過她家、見識到另一番境界的家事品質，更清楚自己要學的還很多，尤其是廚藝。

人到中年回小村掌廚後，我才開始琢磨廚藝，深切體會廚房的學問浩瀚。與其他藝術一樣，烹飪的創意變化無窮，絕非日常瑣碎而已。從前外食不便，加工食品也少，主婦們研發廚藝是生活必要技能，而今講究廚藝似乎變成只是有錢有閒者的休閒時尚。近年流行繁複華貴的美食，最好兼具異國風情，但這不是我的廚藝目標，我希望自己有能力挑選當令好食材，以最低限烹調表彰天然色香味。

從做菜過程中，流理台不再雜亂，動作漸趨從容，心下還不時玩興大發，我因而竊喜自己的廚藝多少應有所長進。這該歸功於公婆胃口都好，隨和包容不挑剔，給了笨廚娘寬裕的演練空間；還有，先生常邊吃邊說：「感謝媽媽，真好吃。」他的味覺沒完全復原、吞嚥又有點辛苦，這麼說只為支持鼓勵吧？但僅此就足以讓我一再興高采烈奔赴廚房。

古時君子「遠庖廚」，八成是怕一栽下去周旋柴米油鹽醬醋茶，便落入紅塵網羅，再不能天馬行空地高談闊論了。猜想只要親自下廚一段時間，再驕傲的「貴族」都會不禁對人間煙火謙卑低頭，且腳踏實地去過日子。

能擁有一桌飯菜其實是非常難得的幸福，不但值得謝天謝地，還得感念從農田到餐桌這漫漫旅程中的許多人。我喜歡把飯菜餐桌都布置端莊後，再請家人上桌，全家帶著恭敬一起好好吃飯。那彷彿一種安頓身心的每日神聖儀式，能讓人在無常動盪中有個簡單安穩的節奏可依靠；又好像一個人最起碼該對自己有個交代的義務，無論日子歡樂憂患，也不管飯菜粗細多寡，一切都先暫停，好好吃頓飯再說吧！只要一個家炊煙不斷，世界就有力氣繼續運轉。

不過，日復一日中，也有時一打開抽油煙機，心底哀怨疑惑便隨之轟隆隆傾巢而出。是嗎？我每天在廚房打轉？曾遺憾沒選擇當全職家庭主婦，現在豈不正好？但就這樣嗎？然後呢？

如此反覆幾回後，倒隱約領悟世上並無真正快樂的工作，快樂一再重複就惹人厭了，而也有人雖不一定快樂也能忠於工作。感謝珍惜工作機緣，並對工作對象保持發自內心的純然敬愛，這就是工作「正念」吧？工作最難把握的，不在技法，而在時時「提起正念」。

我想，享受廚藝修鍊的秘訣大概正是，一心一意要做好東西給所愛的人吃吧！

女人1.0

剛到菜攤，有位阿公提著大包小包正離開。

他走得稍遠時，身邊兩位阿婆和賣菜的歐巴桑幾乎異口同聲說．「這ㄟ老伙仔真冇簡單喔！」

她們說老先生的「牽手」多年前「回去了」，但他未再娶，這位「資深鰥夫」因此不得不練就好廚藝，這在他們「同一水」（同輩）男性中誠屬稀罕。

說得也是，像我公公是從不洗衣、不下廚的，到現在連三餐盛飯舀湯都習慣讓人侍候。在那一輩觀念裡，屋頂下若沒個操持內務的女人就不能算個家，所以為了有人照顧孩子、洗衣煮飯，喪偶男人多以「顧家」之名很快續弦。

有意思的是，那位阿公的年紀顯然比這幾位女士大得多，但她們嘰哩咕嚕那樣談論他，若非從頭仔細聽，還真會讓人誤以為，她們是在心疼憐惜某位乖巧的小孤兒哩！

這就是女人天生的母性吧？難怪有些糟糕的男人居然也不乏「〇一忠女」甘願收留，對此稍有覺悟的女人下次再想抱怨家裡老爺太「老爺」時，當悔悟那「始作俑者」可能正是自己。

因此天性吧?這小村少見那種「盈盈美代子」式的婆婆媽媽,她們不是在田裡拔草,就是在帶孫、顧店、買菜、賣菜、掃地、炊粿、綁粽子……刷刷洗洗、東摸西摸,一刻不得閒;就算都沒前面提的那些活好幹,她們也能為牽掛孩子和管教丈夫而忙碌不休。

相對地,庄頭村尾廟口樹下,一天到晚總有「阿公趴(party)」。例如,此地午後,廟口總會擺上一兩桌,一群「老公仔標」便圍攏著下象棋,時而爆笑、時而狂嘆,更多是「幹」聲綿延不絕。他們喜歡穿內衣汗衫,配上束皮帶的西裝褲和塑膠拖鞋,即使只是泡茶「話仙」,或默然排排坐,看起來都優哉游哉,好像其時其地正是全世界最穩當舒適的好所在。

似乎,上一輩女人的人生詞典裡沒有「自我」與「退休」,而遊手好閒的男人總能得到小村像慈祥阿母般、永遠無條件敞開雙臂的擁抱。

關於這一點,我們家老爺可有不同的看法。

他說,在農耕上,女性分擔的常是較不費力、但得耐煩耗下去仔細處理的差事,工時一長,相對被看見的機率也較高;女性又喜歡聚在一起邊聊邊做,「人多勢眾」自然更搶眼。另外,因為我也是女性,平日出入的常是「女人的場子」,如菜市場,男人在這場子裡當然只好發呆、玩耍或跑龍套,如此這般「片面偏見」下,難免冤枉了小村男性老前輩。

說來也不無幾分道理。尤其提到農耕，「文人」常說「見仁見智」什麼的，但面對土地耕種養殖……種種生猛「武場」，很多時候沒力氣就是做不動，做不動就只能任其自生自滅，一翻兩瞪眼，什麼都沒得說。

曾有大半年因都在陪老爺跑醫院而無人管理後院果園，雜草轉眼及腰，令我頭大腳軟，但除了咬牙動手開始做，又何奈？滿園草莽雖嚇人，只要握緊鋤頭、瞎劈亂砍再東拉西扯一番，個把小時下來總能成就點局面，棘手的是，搬移前一個產季過後鋸下來那些層層疊疊的枝幹，簡直是逼我跟大象拔河！那枝幹枯葉間，蜘蛛螞蟻蚯蚓們和一批不知名的橘色小蟲……早已安家落戶子孫綿延，我所到之處無不爆發「難民潮」，「難民」們霎時漫過我不知是因痠麻或是害怕、正微微發抖的雙腳。

那時我每晚在小日誌本上記下：一棵芒果樹O. K.、兩棵芒果樹O. K.……以此自我鼓勵（或說催眠、洗腦），相信「蠶食法」也有整理好那片果園的一天。

所幸老爺後來康復到能下田，我總算得以繼續蒙混「耕讀生活」——男耕女讀。

然而，繁重家事已佔掉大部分時間，實在難得一點完全屬於自己的讀書時間。

雖然「男主外、女主內」聽來甚不入時，但對農家而言依舊合理管用。每天看老爺一頭汗又滿身塵土從田裡回來，光是讓他梳洗乾淨，換上陽光曬香的衣服，吃點好東西，看起來輕鬆舒服，就讓我由衷歡喜，甚至，偶爾還自以為我這「全職女傭」頗具

「存在意義」。

這說明了老爺之可愛？抑或，骨子裡我也是那種尚未升級、進階的1.0版女人？

歐巴桑分水嶺

不知該難過還是該慶幸？我覺得我好像「正式」成為歐巴桑了。

天下小姐萬萬種，甜的辣的俏的雅的各有千秋，但「桑味」——歐巴桑氣味，卻是共同禁忌。一旦「桑味上身」，正如信用卡到期，便不能享受小姐百貨公司一切消費，也刷不出任何嬌寵了。

所以，我應該難過。可我又有點不難過，甚至，竟有鬆了一口氣的感覺，而且感覺還不賴。

就這樣不圖換卡延期，也不覺慚愧、不思奮鬥嗎？

這就是我合理懷疑自己已入籍「歐氏宗親會」（歐巴桑&歐吉桑）的原因。

約四十歲前後，我就常以歐巴桑自我調侃，如今回想起來，那仍屬小姐心機，太怕狼所以先嚷嚷狼來了，一面減輕心理壓力，一面故作瀟灑，等著人家說：「亂講！妳這麼年輕哪是歐巴桑？」然後自我感覺良好，發黃的青春執照好歹又加蓋一個認證印章。

是的，在這之前，我的「心理年齡」還一直是小姐二十五歲，頂多也不超三十。因此，我繼續大學時代就留的那種長直髮、綁的那種高馬尾，穿那種少女服飾店賣的森林系棉衣麻裙，作文也要刻意引用網路潮語，暗示未與年輕脫軌。

朋友聚會時，什麼腰痠背痛、老眼昏花之類話題年年膨脹，我為自己尚無那些症頭竊喜不已，總誇張地瞠目點頭以示同情，卻矜持「高貴的靜默」，似乎一加入七嘴八舌就會被傳染「老」毛病。

這樣的我怎會輕易對歐巴桑投降呢？

我想我是在二〇一二下半年不知不覺「升等」為歐巴桑的。

那年因家人突然發現重症，生死交關，我毫無準備匆匆遷居小村，開始擔任二十四小時看護和全職管家，不是在廚房揮汗如雨，就是不停進出醫院藥局，偶爾還得下田或去魚塭果園，面對自己四體不勤、五穀不分的虛弱真相。

小村在山海間廣大平原的中央，四周全無屏蔽，曬得人所有心思都蒸發光光，加上家事考驗頻頻，我像被釘在打地鼠機前的電動空，為應付眼下焦迫，連呼吸都來不及。

有一天回台北，想到在小村天天穿拖鞋短褲，於是刻意打扮一番，開車到大學接兒子。兒子見到媽媽時，觸電般大叫：「哇！妳今天穿這麼美……」但這句無關緊要，重點在下一句：

「怎麼配這雙襪子！」

他以驚悚語調表示這款穿搭簡直「令人髮指」，接著語重心長：

「妳一點都沒感覺？還是覺得這樣也無所謂？」

我一時愣住，他繼續嚴肅而悲憫地開示：

「妳真要小心了，變歐巴桑的第一步就是不自覺開始亂穿衣服……」

媽媽我低下頭，只見大紅襪上兩隻米妮正無辜地對天傻笑。

但是……我自己舒服就好，幹嘛講究那麼多？又不是在作秀！我老神在在，衣服越穿越寬鬆，家常日用也越不講究，反正舒服就好。就這樣，有一天再回台北，駭然發現整櫃熟悉的衣裙「一夕之間」都縮小、不認我了。

難道該立志到八十歲還能穿那些衣服？即使那樣又怎樣？最後還不是衣歸衣、人歸人，各自腐朽？反正自然唯一不變的就是變，身體也是自然一部分，遲早會變，那就現在，又有什麼關係？

連帶地，心情尺度也漸漸放寬。過去會令我煩憂苦惱的，現在卻覺得人生本無常無奈，要求不必太切；相對也沒必要欣喜若狂，再大的璀璨終究也不過一時花火。世界依舊繁華熙攘，而我卻開始喟嘆，未經水深火熱，豈知雲淡風輕多麼好。

歐巴桑者流，臂膀粗壯、腰臀肥厚，姿容有點潦草，言行有點直白，總之再不是昔日那縹緲婀娜的纖纖小姐了。小姐不得不變歐巴桑，大概是因為，人到中年方知風浪如此凶險，責任如此艱巨，為了所愛的一切，她不可驚慌踉蹌，必得這樣才提得起、挺得住、放得下吧？

常聽人說，自己是從某次摔跤、某次生病、某次起落……才開始變老，好像若沒那次，青春便能安安靜靜源遠流長，偏偏總有那彷彿分水嶺的某一次，翻過之後，人生風景便再也不同了。

那麼，這小村生涯，無疑就是我的歐巴桑分水嶺吧！

與老父母共晨昏

為了年終維修，家裡需要木工、水電工。我對小村還不夠熟，所以請公婆找師傅，結果師傅們來看一下，彼此就約期施工。

就這樣？不先估價？對此，公婆只說——那樣對人家不好意思。

在小村，請誰來勘查就等於把工作託付誰，多少錢、怎麼做，全師傅說了算，無討價還價。這種建立在「絕對信用」的生意以人格口碑為招牌，不過，只要有一次不認真老實，村人往往默認不追究，卻在當下決定不再「交關」，一輩子不。

原來公婆交代要買哪攤菜、不叫哪家瓦斯，背後都有段信用故事，有的還上溯到「伊老爸」或「伊老母」如何如何，就是一份買賣情義，什麼都不用多說。

情靠不住所以講理，理講不清所以依法，時下社會已處處有辦「法」了，小村卻仍停留在情面上，該說她猶存古風呢？還是落後時潮？

或許因小村居民安土重遷，彼此間甚至有三四代交情，而今又人數稀少，隨便一點風聲都能傳遍全村吧？

由於青壯人口外移都市，今日小村裡多是一群像我公婆一樣七老八十的長輩，田間、魚塭、廟會、菜市場至今仍靠他們主場。曾經戰爭飢荒的他們普遍身材精瘦，滿臉風霜，膝蓋因長期勞動而損傷，嗓門卻依然強健，說起話來中氣十足，似乎永遠理直氣壯。他們畢生親近土地、效忠家庭，勤儉刻苦、安分守己，是篤信「舉頭三尺有神明」的台灣末代「古意人」。

在我心目中，這樣的上一代農村前輩簡直是亟需保育的珍貴「稀有人種」。小村居民常說我肯回鄉下洗衣煮飯照顧公婆，實在是稀罕的「好媳婦」，也稱讚公婆「好命」。其實，我沒什麼偉大的事業要割捨，也沒急迫的經濟壓力必須留在都市賺錢，有個鄉下老家可以退休，還有父母可以侍候，藉此稍稍安心做「無業遊民」，說起來倒是我的幸運。

與這樣的一代共同生活，傾聽他們的故事，如同翻閱一頁活生生的台灣史；他們簡單樸素的生活態度及價值觀，好像是避難「橫坑」、「導坑」，也讓我得以暫時脫離功利社會高速隧道的烏煙瘴氣。

公婆都還健康，且不嫌我老愛「採訪」他們，我才有機會設身處地去經歷他們的經歷、感受他們的感受，他們因而不再只是「公公、婆婆」，而是兩個有趣的「人」。

婆婆說她「做囡仔」時很愛趕流行，曾幾度偷跑到鄰鎮用熱鉗燙捲髮、磨虎牙鑲金邊，才十幾歲就有那種躲在田溝邊看她踩水車的外省軍官上門提親，但父母強烈反對，因那時鄉下傳說大陸軍隊遲早會撤回，到時船開到海峽中央，台灣新娘就會被拋下大海。

公公也有段外省軍官回憶。當年他是同梯部隊裡少數能講點國語的阿兵哥，有位營長鑽研佛學，偶爾應邀到各地寺廟講《金剛經》，竟帶著公公去做台語即席翻譯，起初他糊里糊塗，經過台下許多出家人不斷修正，後來居然也漸漸有模有樣。

回首前程，他們常說現代生活的舒服便利，是他們小時候根本不敢奢望的，但當年溪水清澈可飲，田裡還有很多魚蝦青蛙泥鰍可以加菜，河畔的菱角、林裡的野果似採摘不盡，卻也是現代人不能想像的。他們躲過戰爭空襲，看過製糖會社日本人搭船返鄉前倉皇拍賣家當，也見過大陸來的青年軍穿著破爛衣鞋埋鍋造飯，認為在時代洪流中，大家同樣渺小無奈、值得同情，人唯能逆來順受、聽天由命。

真心疼上一代吃過的苦，希望他們能安享晚年，但他們對種種生活習慣都很固執，到頭來我不能不慚愧，所謂「好媳婦」為他們做的，實在太有限，頂多也不過歡喜陪伴共度晨昏而已。

生死輕重

每到冬末初春，特別在深夜或黎明時，常有刺耳的救護車警笛響徹小村，那通常是趕來送某位老人去急救的；然後，沒幾天就會看到某戶人家門前架起一兩排大紅或粉紅燈籠，燈籠上寫：鶴駕已隨雲影杳，鵑聲猶帶月光寒……

印象中在台北少見喪禮掛燈籠，台南這邊卻是基本配備。據說大紅表示喪者超過九十歲，粉紅是七八十歲，高壽而終可當喜事來發喪，以下年紀則用黃或白燈籠。

城市裡青春熱烈、人人火速拚搏，死亡像個闖錯地方的驚悚怪客；但在這滿是老人的悠緩小村，死亡不只熟門熟路，平凡無奇，甚至有些親密親切。

幾次在廟口棋桌邊、菜市場攤販前，聽到人家在談論怎好久不見某某老人，這時總有人會突然冒出一句：「甘ㄟ倒轉去啊？」（台語「會是回去了嗎」，意指去世。）大家聞言只是心有戚戚焉，毫不忌諱尷尬。

婆婆的姊姊住在鄰村，今年九十三。有次她來電要我們去拿新收成的酪梨，婆婆便帶著魚塭邊剛抓到的兩條野生鱔魚去看她。在姨婆家巧遇另一位阿婆，據說是她們故鄉童年玩伴，三人年紀相加超過兩百五十歲。

她們相互打聽舊識，結果回答幾乎都是「伊轉去啊」（那人回去了），談到三人都認得但已好久不見的某某，也一致認為「伊可能嘛早就轉去啊」（也早回去了）。人到一個年紀就會默默把「好久不見」和「可能永別」連在一起嗎？雖不勝唏噓，但不到那時怎明白，每次相會都是天造地設的吉光片羽，稍縱即逝？

有天早上去買菜，正好有人打電話給菜攤老闆阿香。小村菜市場人氣王阿香總笑呵呵興高采烈，但她回應那電話的聲音低沉。掛電話後，她立刻走到市場另一角，那裡有四位阿嬤圍著一口大盆正在洗菜，她們都是村裡人、阿香的臨時工。

阿香對其中一位說：「跟妳講一個歹消息，妳後頭厝（娘家）的人打電話來說，妳小妹昨暝冇爽快，天光送去病院，剛才死了！」

我一聽僵在原地，好奇眼前這幕會怎麼繼續。

那位阿嬤和三個夥伴聞言都愣了幾秒，之後阿嬤夢囈般咕噥了一句：「哪ㄟ安捏（怎會這樣）？」不敢置信。阿香再次複述電話內容後，轉身走回正忙碌的菜攤。

阿嬤會哭嗎？會慌忙趕回家嗎？

這時只聽見其他三位阿嬤幾乎異口同聲說：「啊！人家安捏是伊好命哪！輕輕鬆鬆轉去歇睏，省拖磨啦！」接著她們邊談論死訊，邊要阿嬤先下班，但阿嬤淡定地說，手上工作告一段落才走，不要緊。

《紅樓夢》裡賈寶玉驚覺大觀園一切美好終將「亦到無可尋覓之時」，自身一樣

「不知何在何往」，如此沉思後，眼前所有欲求頓時變作荒唐愚蠢，唯「逃大造、出網塵」，方可「解釋這段悲傷」。小村老人家多半畢生在田野勞碌，大字不識幾個，沒空也不習慣為死亡多愁善感，他們完全接受人間走一遭，有來必有去，只是先後遲早。

人到中年，才曉得原以為隱約還在天邊的「死別」，分明長相左右。先是倉皇承辦家族長輩後事，接著竟也開始弔唁同輩朋友，偶爾還得忍受後生才俊英年猝逝的衝擊。我一向愛放言高論——人該盯著死過活，但事到臨頭仍不免沉重。

看小村老人家這樣輕盈應對死亡，我想，光說不管用，現在起真該徹徹底底「盯著死過活」，因為死亡像老鄰居，不時都可能來串門，要怎麼死，必先那麼活！

正確老法

人家常誇讚小孩「長大了」、「成熟了」，這能用以為誇讚，正因他們還沒長大也不成熟。

同理，人家越來越常說你「都沒變」、「還是好年輕」時，就表示你上年紀了。遷居小村以來，村人總說我「足少年」（真年輕），這顯然是我已老的「鐵證」，不過他們所說不全是假話，這寂靜農村到處是八九十歲長輩，相較下，我的年份的確輕淺。

我喜歡蹲在一群老人間聽叨叨絮絮，神遊他們酸甜苦辣的履歷，觀察對照他們的現實處境。好比一座形形色色、活生生的「晚年博物館」，他們引我遐想，人都貪生怕死厭惡老，但除非早死，否則必然變老，且活得越久越老；活著同時不斷老去，厭惡也無奈，人該厭惡的其實是——老得驚惶、狼狽，老得亂七八糟。

那麼，可有什麼「正確的老法」，能讓人自然而莊嚴地老去嗎？

有人說必得存錢，有錢就不怕老。但錢擋不住肉體衰敗，即使有錢吃名藥住頭等病房也不舒服；錢也不保證平安，親友爭財反目時有所聞。於是大家又說，有錢之外還要身體健康、家庭幸福。

這樣可放心老去吧？等等！若沒發揮經驗能力、肯定存在價值，日子一久不也太無聊？所以，最好還權高望重、長保舞台，不怕被社會淘汰。

然而，世間這般「十全老人」幾希？富貴、幸福、健康也未必努力就有，對任何一項認真卻求之不得，可不更令人老得痛苦？再說，就算以上兼而得之，也不一定能做個可愛的快樂老人。

認識越多老人越明白，老得可愛又快樂有多不容易，那甚至可視為人生很真實的成就。

有些老人表情淒厲，一開口就爆衝滿腔怨憤；有些渾身滲透苦味，悲屈哀怨沒完沒了；有些眼神空洞冷酷，像在迷夢裡走失又結凍成冰；有些堅持以一個拉長的「啊」為語首助詞，一把撇掉別人所說，只由他獨家宣布：「我甲你講啦！這件代誌事實是……」

別以為境遇悲慘才這樣，其中不乏怎麼看都是所謂「好命」的老人，只是「好命」也無助於他們解脫成見慣性的纏縛。

小村另外有一種老人是這樣的：身材精瘦，皮膚黑亮，穿的是普通粗布衣褲、半筒雨靴，戴著包巾斗笠或宮廟、農藥行、民意代表送的鴨舌帽。滿面和氣，見了人就笑，眼底閃著孩子似的光芒，對於人家要跟他們分享的一切，好像隨時有空也有興致欣賞。

他們很平凡，與世俗富貴沾不上邊，但也因而謙遜樸素，不必端架式、撐場面；他們至今仍克勤克儉，日出而作、日入而息，努力流汗討生活，對眼前這無戰亂飢荒的太平豐年、不欠人也不求人的簡單生活，由衷心滿意足。

至於家庭，家家有本難念經，他們也不例外，雖然說不上多幸福美滿，但至少兒孫清白做人、安分就業，便可省卻煩惱。

而身體，年輕時操勞過度的他們，其實毛病多多少少，尤其腰骨膝蓋大都受損，不盡符合健康標準，但他們生命力的引擎在大自然、不在醫藥病房，大小疼痛尚可共處就好，只要手腳能動就是愛下田。

我從沒問過他們快樂嗎？這對他們來說應該是不存在的問題，他們大概只會笑笑說，人生就這樣有什麼好快不快樂？但光在他們身邊就讓人覺得舒服快樂。

讓我們來研究一下他們的「老法」：無贅肉肥肚，是勞動不輟、飲食起居有節的結果；無腐敗氣味，可見個人衛生習慣良好；親近大自然所以心情寧靜；始終樂於工作所以精神抖擻。還有嗎？

人年輕時拚命彰顯「我」和聚積「我所有」，並以此預備安享老年，豈料老年問題也同時悄悄造就。畢竟眼看「我」一吋吋消萎、「我所有」一樣樣崩毀卻束手無策，老人得有多大信心智慧才能免於痛苦？我想，他們能老得可愛、老得安詳自在，更因為向來只有小小的我和少少的我所有吧！

不容易的功課

有所謂「命運」嗎？還是冥冥中自選的功課？

近年，照顧老人、病人儼然成為我生活的主旋律，簡單淳樸的農村曲則是暫可輕鬆換氣的副歌，而內心伴唱的聲部忽隱忽現，時而哀嘆，時而詰問，時而呼喊要勇敢迎向人生硬仗。

曾經在新聞媒體工作上，我以為自己對眾人、對社會負有「重責大任」，近年一再為家人簽手術或麻醉同意書、自動出院或已知藥物風險切結書時，這種對一條命責無旁貸的承擔，讓過往那些一個題目接一個題目、光說光寫不必沾手涉足的慷慨激昂，頓時輕飄似鑲著金羽的夢幻，夢裡有時不過是齣獨腳戲，由「非普通人」的「我」高調主演。殊不知衣冠褪盡後，每個人都是卑微的普通人，帶著沉重肉身和不安的心情踽踽獨行，不管長到多大多老，仍像赤子般需要別人的愛護。

即使曾是我們最大依靠的父母，有一天被病痛逼到理智邊界，枯葉般乾皺、舊衫般襤褸的裸體全部攤開，屎尿膿血津液日夜洩漏，得賴人清洗擦拭翻轉塗抹包紮，那時的他們看來也像小孩。

但老人畢竟不是小孩。小孩氣息清新，能全然依偎交託，讓照顧者油生憐惜，小孩還能在病苦間隙綻露純真的笑，像青芽自岩縫冒發，預告來日樹木蒼翠的大好光景，至少給人一些安慰鼓舞。

而生病的老人憂愁滿面，甚且怨天尤人，全身孔洞汩汩而出的是臟腑腔腸的腐味和死亡的森寒，痛苦波流日夜氾濫，把四周氣氛變成一個個絕望的漩渦。

久病者常說自己不怕死，但怕肉體痛苦；又說最痛苦的也不是肉體，而是那種精神折磨——從此喪失尊嚴、自由又拖累別人，連自己都嫌棄自己。

殊不知照顧者最累的並非處理疾病傷痛，而是遭遇病人堅硬粗重的「自我」。痛苦來勢洶洶，瞬間摧毀人情禮教的防線，可能讓平素溫柔敦厚的人，忽然變得焦躁刻薄，世界之大卻只關心自己的病，再也看不見、感覺不到身邊當下真實的人事物，更無法欣賞生活、感恩生命。

其實，與其說「遭遇病人堅硬粗重的自我」，不如說是遭遇自己堅硬粗重的自我。自我認為如此不對不好、期待這樣那樣，覺得被冒犯受阻撓，於是陷入煩惱網羅。

人生本有生老病死、盛衰起伏，但人們多不願如實接受真相，卻對自我想要的起貪愛執著，又瞋恨排斥不想要的，老病者和照顧者為此苦上加苦。

苦讓人清楚看見，在「太平盛世」談修行放下、講超越自我都不難，但被推上身心的戰場、烽火四竄時，方知一切不由自主，連片刻安寧都不可得。那些向來努力攢累的學識才華、成就名位、財富權勢……這時卻派不上用場，還反倒成為負累，越看重什麼、越曾為什麼驕傲，就越為那受苦。

苦更讓人明白，死亡不是遙遠的傳說，而是迫在眉睫的現實。佛經說能出離輪迴達彼岸的人很少，多數人都累世徘徊於生生死死，而今生臨終一息之識，將相續成來生最初一念。這讓老人、重病者的照顧工作從長久的陰沉中，忽見曙光輝耀。快快把握時間，盡力幫助他們去發現自己內在的安詳喜悅，像提前預習那最後的心境，有什麼比這更積極的照顧？

在書上讀到一位長期照顧殘障者的修女說，她的工作「一般的耐心是不夠的，還要有瘋狂的忍耐與愚蠢的愛才有辦法做到——耶穌的愛是最好的榜樣」。我想，照顧病重的家人也一樣，親情愛情都是軟弱有限的，唯效法耶穌、佛陀，對所有生命的仁愛慈悲，才能泰然去經歷這條「荊棘苦路」。

然而，我更願以不動搖的平等心替代「瘋狂的忍耐」，以肯定每個生命無論何時何地都有機會覺悟解脫的信念，替代「愚蠢的愛」，隨順命運，與家人共修這份不容易的功課。

同行。

相遇未必在彼此「最好的時候」，但且讓我們互相憐惜、擔待，就這樣好好同行一段吧！
畢竟在相遇前的漫漫時光裡，我們各有遭遇，是那些暗地形塑了我們的樣子，
而這樣子也不過是我們以為可靠好用的防護包裝和反應模式而已，
並不等於我們；相信我們來自天上的真善美，終將在雲翳消散時，如實綻露。

中壇元帥

神秘流浪狗來福

先生治療過程中，要感謝父母和許多親友的幫助，此外也要特別感謝來福。

來福是隻黃金獵犬，幾年前流浪到我娘家，媽咪看牠瘦到站不穩，盛了一碗飯給牠，牠一下吃光，還把地板舔淨。然後牠不走了，默默守在門口，眼神謙遜善良。

我們只好收養牠，先生給牠取了「菜市仔名」來福，開車載牠回小村。小村公婆家是個大三合院，更合適養狗，而且先生從小愛狗，萬一狗有病，他來照顧也上手些。

那天頗費周章才讓來福上車，感覺牠非常害怕。回小村後更發現，一聽汽車引擎，牠立刻恐慌逃躲。有次卡車在曬穀場卸貨未熄火，牠正好被綁跑不了，竟焦躁地打轉，還抓得水泥牆滿是淒厲爪痕。不知牠經歷過什麼？曾被車撞？被人以車載去拋棄？

可惜牠沒法說故事，牠甚至一聲不吭。兩個月過去、就在我們幾乎要確定牠是啞巴時，有一天郵差來送信，牠居然開口汪汪示警，讓我們又驚又喜。來福到那時也長壯了，站在陽光下全身金毛閃閃，英姿勃發。

來福是隻神秘的狗。先說牠的飲食品味吧，牠胃口極好，葷素都愛，甚至嗜好水果，西瓜芭樂芒果葡萄鳳梨樣樣歡迎，吃荔枝和百香果還懂得吐籽去殼。

每次來福聽到收拾碗盤的聲音，就會跑到餐廳門口興奮叫好，見我手上托著東西走出來，便火速衝向餐盆，等在那裡左搖右擺又跳又叫，好像大陸那種扭秧歌。

我命令等一下，牠便端坐看我把食物仔細置入餐盆，接著我正經八百念謝飯禱詞，最後才敲一下鍋碗，降重宣布開動。來福在一旁目不轉睛，口水如雨下，但仍努力強忍自制，一聽開動立刻撲上前，埋頭專心大吃起來，且必定吃乾抹淨一滴不剩，好像人家在寺廟用齋那樣惜福。

更神的是，來福乃魚塭大盜夜鷺之超級捕快。

夜鷺有時侵入我們家魚塭網罩，請牠們吃幾尾泥鰍也罷，偏偏牠們只是胡抓亂啄，害好多泥鰍都受傷。過去常動用三四個人手耗上半天圍捕夜鷺，也多半無功而返，但來福獨自陸海空全方位火速包抄撲咬，每每兩三下就口到擒來，而且不管不速之客有幾隻，牠全身濕透狂喘仍堅持「使命必達」，怎麼叫牠收工也不放棄。

「來福出任務」真讓我們大開眼界！一開始是因為先生去魚塭喜歡帶來福同行，牠常坐一小段摩托車就忍不住跳車充當嚮導，看牠在田間小路乘風馳騁的背影，令人也隨之高興輕快起來。有一次牠看先生撐筏趕夜鷺，不知怎麼，祖先千萬年傳承而來勇猛的獵犬基因霎時轟然甦醒！

因這項特殊專長，公婆也對來福刮目相看，尤其婆婆對來福疼愛有加，常喚來福到身邊躺下細細撫撥，絕不准任何一隻蝨子欺負來福。小村家裡前後養過好幾隻狗，先生證實來福榮獲的是阿嬤空前的疼愛。

先生返鄉歸農的快樂之一，應該就是有來福這個大玩伴。他喜歡大狗，但顧慮都市居家空間，我們台北家只養過一隻初生土狗，稍長就把牠送回小村。來福每天跟前跟後，一看先生換雨靴拿工具就知道要下田了，牠也一定要隨便咬個什麼，熱烈飛奔摩托車邊，好像牠也忙得很；夜裡則先生睡哪個房間，牠就守在那門口睡，裝了偵測雷達似的，難怪先生住院時會那麼想念來福。

回小村休養初期，先生對出門意興闌珊，我都以來福必須活動筋骨而我又怕牽狗為由相勸，於是「看在來福分上」，他才慢慢培養晨昏散步的習慣。

我幼時曾遭狗咬，對狗因而心懷戒懼，直到回小村學習和來福相處才慢慢放開。來福活潑快樂、放心信任的模樣常讓我莫名感動，並且若有所悟。

有來福真好！

一隻獵犬的生活藝術

我們家狗子來福不知怎麼對我「情有獨鍾」，老是如影隨形，但由於跟梢太緊、又親熱過切，常遭我調侃其實不是「黃金獵犬」，而是白目色狼。

牠常在廳門外張望，一看我走向前門，便以風速飛向曬穀場。見牠在門口堵人，我便掉頭走向後門，霎時牠又衝到廂房走廊，如能分身的閃靈怪客。

我有時興起，便以「增加運動量」之名反覆戲耍牠，害牠「疲於奔命」，但牠樂此不疲，仍認定我是值得信賴的人。不過，牠很快看穿這惡作劇，只跑到半途、護龍尾花圃，守在那裡左右踱步張望前後門，看我確實跨出哪個門才採取行動。

我受不了牠愛撲過來給人熊抱，最初總嚇得哀哀叫、四處逃躲，經老爺一再開示：「越跑只會越激發牠追逐獵物的本能」，才慢慢試著就地抄起拖鞋給牠巴下去，同時狠狠瞪牠訓斥牠。

有人說來福只是撒嬌，摸摸牠就得了，但才不！這樣只會惹來福更熱情而已，所以我如此這般心狠手辣實在不得已。

儘管這樣，來福只縮頭退避幾步，無辜無奈地望著我，時而發出一種哀怨委屈的鼻音，轉眼又搖尾樂呵呵迎上前來，全沒半點記恨。修行人說的大自在是否就像這樣？

我還注意到，來福每受到威嚇打擊都會反射式地快速抖動身體，如泡澡後猛甩水珠一般，彷彿要當場把體內緊張全鬆懈排除。記得研究資料說動物都有類似本能，以擺動肢體或翅膀來緩衝恐懼、消解壓力。而我呢？這樣的本能還靈活運轉中？或不知不覺被頭腦壓抑扭曲了？

黃昏去巡視稻田魚塭時，我們喜歡帶來福同行。牠總是坐一小段摩托車就忍不住跳車充當嚮導，看牠在田間小路上乘風豪邁奔馳，或躍身投入圳溝享受清涼ＳＰＡ，常令我依稀感染牠的率真奔放，而深深喜悅感動。

來福健康矯捷跑得快，但也隨時隨地能趴下安睡。有時我會蹲下來觀察牠或搔牠癢，但牠連掀個眼皮也懶，光搖搖尾巴敷衍一下，以示禮貌。我又反覆高舉牠腿再拋下，牠仍不為所動，好像那腿是地心引力的，不是牠的。我再使力推牠翻牠，鬧牠醒來玩耍，牠老神在在乾脆順勢翻身換邊，繼續好眠。

有一隻叫Luigi的小土狗常來找來福玩，身高尺寸不到來福一半的牠，一見面就騎到來福頭上，東抓西咬，極盡騷擾，來福總退讓著隨牠撒野，偶爾被煩極了，也頂多輕吠一聲。要是來福決定轉身走開，Luigi就得寸進尺接著玩「霸爺擋道」，圍堵糾纏不休，只見來福被逼得原地打轉，最後竟低頭屈身想從Luigi胯下鑽過！這種「韓信情操」真教人哭笑不得。

來福不只對Luigi沒脾氣，溫和忠厚，「無我無執」就是牠本性。給牠吃什麼，牠都積極踴躍吃光光，胃口好，消化也好，幾乎每吃必大，直腸子似從無宿便，時時清爽。雖然牠看似永遠吃不飽，但也從不貪心嚷求更多；連流浪狗、野貓、蝸牛和麻雀跑來覬覦牠飯碗，牠也渾然無所謂，不像一般狗為護衛地盤而發飆。

這樣的狗很愛和人作伴，可靜靜待在人群間，聽人家聊天或看人家工作；但相對下，則未必是稱職警衛。雖然無論日夜，生人一靠近，牠就能敏銳地出聲示警，也勤於衝上前去威嚇，但人家只要一摸摸牠，牠就搖尾巴立即和人交上朋友。

每當來福平穩緩步伴我走在鄉間小路時，我都不禁讚嘆因緣不可思議。若非來福，我早不指望此生能再和狗交朋友。只因接受了來福也感受到來福，我好像突然能夠享受所有小狗的可愛，對世上動物的好奇心與慈悲心也因此莫名油生。

天真快樂的來福可不是我在小村相遇的生活大師之一呢？

鄉下小狗啓示錄

小村人家的狗大都負責看家，所以幾乎都住在大門邊，而且常不拴綁，可自由在庭埕活動，興來出門遛達一番也是被默許的。像都市那樣穿衣套鞋染毛燙髮洗香香，又老被主人供在冷氣房、摟在懷裡的，倒是罕見。

可也不是每隻鄉下的狗都樂活。小村公路邊有隻小黑狗，牠被綁在一間密閉鐵皮小狗舍裡，唯有一個破洞能讓牠探出頭，偶爾在眼前那川流不息的舞台各串一角。

此地夏日正午連田土都燙手，不知牠如何能安住其中？也許起初牠也曾咆哮抗議，畢竟主人的庭院雖堆滿木頭，卻還十分寬敞，就算要牠終身在門口服勤，也有條件安排一間舒適的警衛室，但顯然牠已接受也習慣了這一切。

牠很沉默，只在有人駐足時，才厲聲警告，而且仍然那麼認真，絕不辜負主人一絲託付。

我就曾被牠的狂吠驚嚇，但觀察其現實處境後，對牠的凶惡忽然別有所感。

有一天我蹲下來注視牠眼睛，牠叫過一陣後也漸漸靜下來，從那之後，我們秘密交上了朋友，經過時牠不再對我吼叫。

有一天若能擺脫鐵鍊走出那小屋，牠會離開嗎？

或者，如今牠覺得把全世界縮在一個洞外最安全？

我在村裡的另一位小黑朋友是叔叔養的米克斯狗。回小村兩年來，我不曾與牠來往，並非討厭牠，而是牠似乎仇視每個陌生人。剛回家那個夏季到秋末，我一出現在三合院曬穀場，牠便死命狂吠，更別提其他訪客遭到的威脅。

據說牠性情乖戾暴烈，曾有傷人前科，因此只好成天拴在鐵籠上。

第二年牠不再那樣吠我了，但只要一靠近鐵籠，牠一樣會發出低沉警告。牠的名字就叫小黑。

有一天，嬸嬸難得牽牠出門散步透氣，結果牠在半路和流浪狗群幹架，嬸嬸拉不住，只好放了牠。當牠後來獨自回到三合院時，家人一起大費周章都無法讓牠受綁，讓我有點擔心冷不防被攻擊。

隔天清晨散步途中，突然有隻狗從草叢竄出，嚇我一大跳，一看竟是小黑！於是我故作鎮定，照常往前走，但以眼睛餘光不斷警戒緊隨的黑影，六分褲露出的兩截小腿毛孔霎時都瑟縮起來。

我轉進巷弄穿過田間，小黑仍以三四步距離默默隨行，牠落後太遠時，我好奇試著叫喚，沒想到牠便快步跑來，我這才隱約感覺到，小黑心裡應有我這個家人吧？

不知小黑在狗界是怎樣的形象？一路上家狗野狗對牠都不友善，一個多小時的散步裡，牠不堪挑釁、無役不與，三度投入肉搏，眉頭還被咬破流血，幸好我衝進纏鬥現場大聲斥喝並催小黑快走，牠還願意聽話。看我回頭作勢恐嚇不肯善罷干休又追上來的狗群，小黑邊走邊發出悲戚的咕噥，好像在訴苦又像在告狀，頸背微微震顫著。

回到三合院時，我招牠來吃點心，但牠走兩步就裹足不前。於是我走近牠身邊，但這讓牠不自在，左右踱步離開，然後又轉頭望著我。我只好把食物丟給牠，但牠不張口接食物，而是反射式地稍作閃躲，等食物落定在地上，再低頭靠過去吃。

我們收養的來福好像無憂無慮天真爛漫的傻大個，相較下，小黑的性格近乎相反，牠是位難以了解的、緊張孤僻的神經質歐巴桑。

雖然相遇未必在彼此「最好的時候」，但且讓我們互相憐惜、擔待，就這樣好好同行一段吧！畢竟在相遇前的漫漫時光裡，我們各有遭遇，是那些暗地形塑了我們的樣子，而這樣子也不過是我們以為可靠好用的防護包裝和反應模式而已，並不等於我們；相信我們來自天上的真善美，終將在雲翳消散時，如實綻露。

三合院神秘房客

新聞說，有人打一一九求救，只為報警到府捉拿一隻壁虎。

我想那苦主若來住我們家，大概得申請鎮暴部隊維安。

我們家三合院快一百歲，這種鄉下檜木古宅裡「什麼都有」：飛的（如蝙蝠……）、爬的（如大蜘蛛……）、鑽的（如白蟻……）各安其位，除非天氣劇變，平常倒還低調，不太露臉嚇人。但我後來在都市裡養成潔癖嗜好，容不下居家環境有任何「失控」的死角，如此三合院好折磨我。

不過，經一年多抵禦掙扎，最後我還是撒手被這老房子收服了。

有個颱風前夜，遭小型衝鋒機入侵的聲音驚醒，我在黑暗中愣了一會兒，想像那是某種罕見巨蜂？聽起來不只一隻。怎麼辦？我被巨蜂包圍了！夜深人靜，老爺也在他房間熟睡，誰來救命？雖然躲在蚊帳裡暫無危險，但那到底是什麼？難道就這樣縮頭熬到天亮還不明不白嗎？在這房間我得一直提防巨蜂突襲、直到永遠嗎？喔，不！

我隨即彈起、衝出蚊帳、跳下床、拍開燈、抓緊電蚊拍，蹲馬步、聳肩屈背，瞪大眼全面掃瞄，渾身細胞就戰鬥位置。

一時四下沉寂，僵持對峙的局面更形壓迫。突然冷不防地，衝鋒機從地下竄升，一看，真相大白，竟是蟑螂！但那蟑螂身材比平常所見大得多，而且飛得又高又快，現場共四隻，在半空中狂亂橫衝直撞。

好歹總算逮到嫌犯，但並不是每次都能當場破案。

春天夜裡有一陣子，我房間進駐了不明室友。牠從未現身，只在深夜關燈後以一秒四聲「精進持咒」。牠的高音繚繞全場，叫人只能說牠不在這不在那，卻摸不清到底在哪。試過拍手提醒牠可非唯一房客，但不知牠聾還是充耳不聞，仍自顧唧唧不休。好幾次一開燈探查，牠隨即封口，燈一關，沒多久又來了，屢試不爽。

牠畏光嗎？牠是誰？壁虎？蟋蟀？還是什麼「魔神仔」？

唉！好吧！古宅老房間有點懸疑也不算過分。

別以為這是環境髒亂所致，整個家裡裡外外能消毒整理的，我早已使出渾身解數了。鄉村就這樣，天生天養、六畜興旺，各種小蟲自然也家族繁昌！加上傳統工匠蓋的老宅，屋頂與牆面交接處並不密封，對這種「會呼吸」的房子，能怎麼管制她日夜「交流」的對象？

起初我為此頗緊張，久而久之只好摸摸鼻子認了。畢竟神秘房客趕不勝趕，要害怕也是沒完沒了；再說，若算先來後到，我才是該客氣點的「新移民」哩！

「怕」這回事想想也是唯心造作，若有大蛇盤據床下，而我們渾然不知，便仍能夜夜酣眠，但哪天萬一察覺，則連闔眼也不行了。我們怕蟲，但感覺到我們逼近時，蟲也一樣驚恐萬分。對我們來說，不過是在排除一個小障礙，但對牠們來說，卻是生死存亡的關頭。在「怕」這回事上，我們並非單方「受害者」。

其實，生活在我們周邊的生物、半生物、無生物太多太多，比起不可見的，我們所見不過九牛一毛，眼前一杯清水就不只是一杯清水而已。若以為可除盡我們不喜歡的，純然生活在「人間」，那肯定只是一廂情願的蠻橫錯覺而已。在萬物神秘互依共生的宇宙裡，任何一個生命存在都有意義，幽微卻真實，只是我們看不透也識不破，若真把不討我們喜歡的統統趕盡殺絕，或許人也將滅亡。

當然，面對三合院諸位不速之客，我還是「毛毛的」，偶爾也還會哇哇大叫老爺快來救駕，但也就這樣而已，再不至於「卡住」過不去了。

麻雀大作戰

有一陣子，小村裡許多阿公阿嬤天亮就趕到田邊放炮、吹哨、敲敲打打……他們怎麼了？睡不著、無聊玩耍？

才不是！他們是勤奮的農夫前輩，那是他們為護衛稻穗展開的「麻雀大作戰」行動。

台灣南部稻米一年兩收，大約五月下旬、節氣「小滿」前後，第一季春耕稻穀漸由一片濃綠轉呈熟黃，結穗纍纍。此時四面八方麻雀必聞香而至，把整村稻田當作「吃到飽」流水席。

這叫連著三四個月辛苦、好不容易盼到收成的阿公阿嬤情何以堪？當然不得不使出各種趕鳥絕招。

根據這一年多以來在小村所見，我發現趕鳥絕招粗分以下四類——

一、地網型：無法布下「天羅」逮捕偷吃「現行犯」，那麼就在田邊豎竿拉繩線、做一張防鳥網。我看到有拉一排排細棉線的，也有用螢光塑膠繩，密度不一，但都沒密到麻雀飛不進，這樣有用嗎？每條都得靠人提繩線軸來回繫綁，那多費事？有位歐吉桑獨力布置的一塊兩分田，堪稱本村稻田地網密度冠軍，他說反正是自己的「老人工」，不必工資無所謂，而那繩線行距從人眼看稀稀疏疏，但麻雀高空俯瞰卻是密密麻麻，那會讓牠們知難而退。

我明明看到這種布網的田仍有麻雀光顧，但也許多少有點效吧？不然小村稻田有將近半數這樣做，豈不都是「白工」？

二、稻草人概念型：這基本是傳統稻草人的意思，只不過現代人沒空紮草人，所以多用現成東西取代，例如廟會或選舉、工商活動廢棄的旗幟，舊衣帽，光碟片（太陽下會反光閃動）。

曾看過最酷的是一只老鷹風箏，不過要是風兒不配合，老鷹也不過是倒栽的塑膠紙鳥，麻雀們根本不放在眼裡。最近看新聞說東部有人養老鷹放飛以趕麻雀，但那是年輕的新新農民，台南這小村青壯人口嚴重外流，守著祖田的老農不可能為麻雀養老鷹。

三、開火型：此型關鍵武器為沖天炮。「1.0版」是自己帶些炮，到田邊瞄準鳥群一發一發放；「2.0版」則升級為「自動化」放炮。他們在田埂架好一根橫置的粗香，將炮火引信逐一分掛其上，然後點香，香燃到一條引信就自動爆破一發。

四、巡邏型：這是真人直接上陣，沿田埂來回斥喝，或者吹哨、敲擊鐵罐，每日晨昏認真執勤。然而，再認真都不可能二十四小時下田，這管用嗎？農夫們的想法是這樣的，麻雀吃稻有慣性，只要防止牠們定點撒野，八成穀子便保得住。

農人收成的濕穀一斤才賣八九塊，這還沒扣掉人力資材機具等等成本，以及可能因天候變化蟲鳥侵害而血本無歸的風險；換句話說，他們種出四斤穀子，交由米商碾成兩斤多的白米，可餵飽四口之家一天，但所賺的錢卻連一支7-ELEVEN霜淇淋都買不起。儘管如此，老農仍堅守崗位，所憑的跟麻雀大作戰是一樣的「盡人事聽天命」的樂觀傻勁。

巡田水

在農村稻田邊，常見老人家獨自默默蹲踞的背影。田間毫無遮蔽，出太陽時很曬，有風雨時很冷，可不是發呆好地點，他們是來「巡田水」的。

狹義的「巡田水」指的是「撿水」（引水進田）和「潑水」（放水出田），隨時注意並調節稻田的灌溉情形；廣義的「巡田水」則泛指農民照顧稻田的種種管理工作，除灌溉外，還包括維護田埂、施肥噴藥、補秧除草、抓蟲趕鳥等等雜務。

提到農夫種稻米，從前最鮮明的意象應該是插秧或割稻，然而，台灣自從上個世紀七〇年代農業機械漸漸普及以來，目前已少見人力插秧割稻，全靠插秧機、割稻機了。至於維護田埂、施肥噴藥、補秧除草、抓蟲趕鳥等等工作，由於務農人口普遍老化，不得不雇人代勞，因而各種農事代工慢慢形成一個行業，正幫助台灣農村過渡這個老農凋零、而新農未能全面接棒的階段。

因此，如今巡田水儼然才是稻農最鮮明的意象，也是最主要的工作內容。

雖然省了許多勞力，但光巡田水也不簡單，其中學問經驗可不少，一個善於巡田水的農夫可能有把握慶豐收，而不會巡田水的也可能讓稻作大批夭折呢！

一般來說，最初得請人來「駛鐵牛」——駕駛俗稱「火犁仔」的一種曳引機，將田土充分翻攪切碎，若田裡種植田菁綠肥，也正好一併拌入，然後最好能連日天晴，讓田土充分曝曬，如此可殺菌滅蟲，還能讓苟延殘喘中的雜草根完全乾枯。曬田一兩個月後，開始準備下一期耕作。

農田水利灌溉系統也會在這時開始「放水」，源源活水便從水庫或河川湖潭流向灌溉主幹線、支線、分線、給水路，再汩汩注入農田，好比血液從心臟經大小動脈、微血管，默默滋潤身體四肢百骸。當田間圳溝唱起嘩啦嘩啦水聲進行曲，也就是農人邁出本季巡田水舞步之時。

首先要引水淹田數日再放掉，為的是將田裡殘餘雜草根泡爛，也讓田土濕潤，以便行駛整地機，把整塊田弄得平整鬆軟，又有點泥糊狀，這樣即將接力上場的自動插秧機才能順利施展身手。

插秧完畢就必須一直保持稻田有恰當水分，直到秧苗生根長大，大約一個半月時間，之後就該排水、禁水，最好讓稻田乾到走上去不大會留腳印，甚至有點龜裂。這樣有助根部向下伸展探水，稻禾牢牢扎根才能長得健壯、不怕風雨，來日結穗纍纍時也較不會因無法負荷而倒伏。這時農人可進田間除草，也察看是否有福壽螺等病蟲害。

期間田水的收放和用量都難標準量化，因為這得隨氣候、土質、地形和稻作成長等實際情況而斟酌拿捏，這就是種稻辛勤之所在，也是技巧與樂趣之所在吧！

一套靈活的灌溉系統可謂水稻耕作的命脈，以我所在的台南小村來說，嘉南大圳就是整個嘉南平原大米倉豐饒的源頭。嘉南大圳灌溉系統是日據時代工程師八田與一所規劃，完成於一九三〇年，據估其密密麻麻引水、排水水道總長加起來可繞台灣島十三圈。

建設這套灌溉系統耗費十年時間及無數人力物力，即使在八十餘年後的今天來看，依然是偉大的水稻專區設計傑作，令人感動。只可惜農業式微後，許多稻田轉蓋工廠、房舍，工業及家庭廢水隨之侵入圳溝，另有大型科學園區的開發，讓良田大片報廢，也攔截了大量農業用水。近年由於乾旱缺水，嘉南平原有時更被迫休耕，即使有水也不得不間歇放放關關，不再像過去那樣源源不絕。

每個時代追求的經濟發展目標可能不一樣，然而，人永遠需要自然清淨的糧食，如果不能保護這整套水路，只怕農民再認真巡田水也無好米可收，而一時再多的經濟獲利也修復不了米倉的根本毀壞。

末代菜市場

小村菜市場不同於台北那種都市菜市場，自可想當然耳，但有些仍頗我出我意料。首先是營業時間，都市菜市場大約八九點後開始熱鬧，但在小村要是八九點才到菜市場，只能勉強趕上收攤。小村菜市場五點半開市，盛夏再早些，人潮高峰落在六、七點間，村民買菜後多要趕在太陽升高前下田，或去上班上工。

都市菜市場不是大區塊就是綿延街巷，有些攤子天天在，也有些只固定每周或隔周哪天來，更有些只隨機流動，老闆大半來自外地；小村菜市場僅在廟旁一隅，做的只是封閉社區小生意，就那幾攤還「世襲」兩三代，老闆皆小村居民。

因此，上都市菜市場沒人會叫你名字，頂多只是老闆對常客有幾分印象、親切些，但在小村菜市場，前腳才到，就會聽到「××嫂阿gau-za（早安）喔！」「××嬸阿來買菜喔！」「××伯阿，今日有您孫愛吃ㄟ……」，熟悉的招呼聲此起彼落，整個菜市場說說笑笑，一團和氣。

記得第一天去小村菜市場，公婆好友菜販阿香立刻熱情高喊：「阿紅！足久沒看，妳回來迌迌喔？」菜市場裡的人一聽到陌生名字，都好奇轉過頭來打量，醬菜攤老闆立刻問：「這個是誰呀？」阿香馬上宣布是××叔阿的媳婦，這時有位顧客又緊接著補上：「甘是在台北做記者那個？」接下來大約五分鐘，關於「阿紅」的討論會瞬間在菜市場四面八方同步展開，她公婆怎樣、先生怎樣、生幾個孩子……連「當年她嫁來時，我有去他們家三合院曬穀場吃辦桌」這種上古史料都出土了，無心理準備的阿紅一時窘得好比忘了穿衣服就上大街。

從現代商業規模來看，這菜市場生意根本微不足道，但它做的卻是如今已屬稀罕的、容不下一點不老實的信用生意。

另外，比起常有新產品琳琅滿目的都市菜市場，小村菜市場的貨色實在太單調呆板了，全是家常食材，雜貨店裡的日用品只少少幾樣，且都是很平價的。這裡也沒在賣衣服、鞋子、包包、居家飾物……，就算想「奢侈」一下也無下手處。在台北帶兩三千元去買菜很平常，但在小村買菜，若花上兩三百塊便堪稱「大手筆」，感覺鈔票突然「變大」了。

這裡的主客戶是群七老八十的長輩，他們從小吃苦耐勞，至今堅持節儉度日，因此小村菜市場處處呼應著他們的價值觀，謙卑而簡樸。

這裡賣得最好的菜叫「在地阿」。起初我有點糊塗，明明是絲瓜、芋頭、韭菜花、白蘿蔔、黃秋葵……為什麼菜販熱烈推薦：「這是在地阿，足青（很新鮮）！」「這嘛是在地阿，足幼（很嫩）！」原來「在地阿」都是居民自家栽種，吃不了拿來菜攤寄售，也有人自己蹲路邊，一把賣一二十元，數量有限，經常一下子就賣光。要是買熟了，那些自己來擺攤的阿公阿嬤還會多塞這個那個，半買半相送，呵呵笑道：「家己ㄟ，冇要緊啦！」

在小村菜市場可買到當日清晨現採的蔬菜和果園裡現撿的土雞蛋鵝蛋，那總令我感覺如獲至寶，自忖才付一點點錢實在太佔便宜，滿不好意思，但那些老人家抱著與人分食的心情來兜售，卻覺得那都是多賺的。

最特別的是，有些老人家會拎一袋豆子或一捆番薯葉之類的，來跟菜販換取等值的其他蔬菜，他們吃不完自己的收成但數量又不足擺攤，於是發展出如此「以物易物」模式，其中也有菜販照顧鄉親長輩的意思。

每天天一亮，這寂靜小村的菜市場便一角一角地鮮明生動起來，彷彿古早農業時代的生活舞台又拉開布幕，我常貪心地仔細看一眼、再多看一眼，因為，不知舞台上這些要角凋零後，這農村末代菜市場故事是否也將隨之永遠落幕？

台南腔與放送頭

遷居小村沒多久，我就發現，小村人說的台語有些特別。

村子裡多七八十歲老人家，他們仍慣用日語名字或稱謂，如稱父母odosan、okasan，喊兄姊nisan、nesan，或叫人家靜子（sizuco）、錦將（kingjang）。他們感冒吃lulu（日本老牌成藥）、消化不良用「臭藥丸仔」（氣味嗆鼻的日本征露丸），任何東西只要加上「日本進口乀」，對他們來說幾乎等同品質保證。

台灣日據時代深藏在他們對純真童年的懷念中，依稀殘留至今。

小村也還保有古早社區的「放送頭」（廣播站），共有三個，一個在庄頭太子爺宮，一個在庄尾天后宮，中間衙門（派出所，村裡老人慣用語）那個較少用，只是每隔一段時間測試緊急警報而已。

放送的內容很豐富。有時清早說某某牌棉被枕頭在廟口拍賣，或菜市場「進」（現在此刻）有隔壁庄來的鴨母、土雞、洋蔥……黃昏說有人從七股「車一車現撈仔虱目魚」來了。午餐晚餐時也偶有廣播，不是廟會消息，就是農會農事小組有關耕作補助、農藥肥料資訊。

年節時的放送更精彩。一大早就邀鄉親來廟埕吃湯圓，說「囝仔人吃了好搖飼、中年人吃了賺大錢、老年人吃了呷百二」；中午反覆呼叫某某車號顏色廠牌的車主移車；黃昏又預報各宮廟次日點光明燈、安太歲及神明消災祈福法會……

那主持放送的聽起來是位老先生，他從不用「你」、「你們」，而一律以「ㄌㄢ」（我們）來表示。例如ㄌㄢ庄、ㄌㄢ厝、ㄌㄢ廟、ㄌㄢ若有欠、ㄌㄢ若愛吃、ㄌㄢ若想欲……連人家的車子都說「ㄌㄢ車號×××ㄟ車主……」，而最後必定用「以上，感謝收聽」收尾。

若沒放送，小村街道平日只聞麻雀啁啾，除非是選季競選廣播車駕到。那多在下午四五點到六七點，村民從田裡回到家或吃過晚餐的時間。

跟台北宣傳車不同的是，這裡沒一台講國語，全用台語招呼「各位鄉親是大…」，且都強調自己「尚了解做田人的甘苦」，又是如何地「骨力擱好央請」（勤奮又好使喚）。有的還用〈農村曲〉（透早著出門、天色漸漸光……）做配樂。

台北常用隨身包面紙夾帶文宣，此地愛發塑膠扇、礦泉水，若登門拜票則以小包糖果當伴手禮，一進門就高喊：「拜託拜託！大家來吃甜甜大賺錢喔！」

候選人要在小村拉票，最重要的不是政見，而是平日待人處事的口碑。小村人稱人家「好人」是這樣說的——「伊足古意」，或者「伊真好相」。前者常聽說，後者則較稀罕。「古意」說的是內涵質地，誠實忠厚；「好相」則指外貌形態，溫暖和藹，讓人如沐春風。

若聽到有人說「古意」或「好相」，那麼這人有五成可能是台南人；若再加以下三個特徵，那就八九不離十了。

據我這「新住民」的體驗，所謂「台南腔」，最鮮明的就是以下三個語助詞：

第一是「˙ㄋㄧ」，問句語尾，大約相當於「嗎？」「喔？」。例如：「你呷飽阿˙ㄋㄧ？」「有影˙ㄋㄧ？」

第二是「ㄏㄧㄡˊ」，多用於句首，或單獨使用，表示附和之意，大約相當於「就是說嘛！」「對呀！」。例如：「ㄏㄧㄡˊ，天氣足熱！」或者，有人抱怨水利會這期太晚放水，你有同感，便說：「ㄏㄧㄡˊ！」

第三是鼻音「ㄏㄚˊ」，祈使句語尾，大約相當於「呀！」「吧！」，略帶強調意味。例如：「歡迎來坐ㄏㄚˊ（鼻音）！」「我來去阿ㄏㄚˊ（鼻音）！」

到目前為止，我仍用不慣這三個語助詞，不過那不代表我能不被台南腔滲透。有一天上菜市場，我跟老闆說要買塊薑，剛一脫口，才發現自己說的台語「薑」字竟帶著「庯」的尾音！喔喔，我過去那帶著「烏」尾音的「外地薑」似乎已被悄悄覆蓋掉了。

廟會「變形金剛」

小村只一間警察派出所，卻有八座廟，其中三座歷史超過三百年，六座集中在一條路上約四五百公尺內，若再加土地公廟、萬應公廟和大廟周邊的五方營（東西南北中五座低矮小廟，象徵護衛主神的五個天兵營寨），總計約有三十座。小村人煙稀少，這種「神明監護站」的密度還真奢侈。

這些寺廟各有廟會活動，一年到頭此起彼落，熱鬧不休。諸方神明間也講應酬排場，這回我們帶人去添香，下次換你出兩車信徒來捧場，就跟名流顯要做世俗公關一般忙碌。廟會可說是台灣、特別是南台灣庶民生活重要的一部分。

一般來說，廟會整體色彩俗艷、聲光劇烈、秩序混亂、場地整潔也「還有很大的進步空間」，我常待不住，才一會兒就想逃。

廟會內容看起來大同小異，一樣的牲祭、華轎、陣頭、鑼鼓隊、戲台和鋼管辣妹花車。開場時常見乩童持七星劍、刺球渾然忘我地敲頭砍背，一身鮮血淋漓，以此象徵神明駕到。那場面一副禁忌森嚴的樣子，頗嚇人，但似乎也是它，讓今日廟會勉強還保留一絲神秘肅穆。

廟會場外的攤販也千篇一律，冰淇淋炸雞烤香腸和滿地垃圾，參與民眾衣著隨便，跟去逛夜市差不多。

童年在外婆家農村，春夏秋冬隨各種祭祀行進，當時我毫不懷疑阿公阿嬤說的舉頭三尺有神明，也相信萬事萬物、連鍋碗瓢盆都有靈。那之後除了採訪工作之需，就很少參加廟會拜拜，一直到回小村，才和這樣的信仰生活再次接頭。相形之下，現代廟會金碧輝煌、聲勢浩大，卻不如印象中古早廟會那樣莊嚴又充滿收攝力量。不知是我變了，還是廟會變了？

據說，過去宮廟主任委員、幹事盡是地方碩學鴻儒，近年卻多由政商名流擔任，並以廟會熱鬧程度、甚至是媒體曝光率來評比「經營績效」，如此一來，廟會的本質難免轉變。時下宮廟流行請公關、廣告公司外包宣傳行銷，Q版媽祖、三太子公仔……等周邊商品令人眼花撩亂。不能說其中毫無趣味，只是這種趣味和阿公阿嬤那時的「香火」（把平安符縫在小紅布袋裡、再用紅線繫成項圈），已大不相同。

以前廟會都會請歌仔戲、布袋戲班來酬神，現在還是，但台下盛況不再，觀眾常只剩「神明」而已。他們常用錄音對嘴、虛應故事一番，兩三人各一套行頭便包辦整台歌仔戲，布袋戲則一人便可搞定。取而代之的是，絢麗的流動電子舞台「變形金剛」，搭配勁裝辣妹、快歌艷舞。

「變形金剛」初看只是一輛普通大卡車，但一部部展開後，前後台、階梯和燈光音響控制中心一應俱全，宛如暮色裡盛大開屏的夜光孔雀，富麗堂皇又輕盈靈巧。戲台和戶外電影曾是廟會要角，但這豪華電子花車一出道，它們頓時黯然失色，尷尬的是還得硬撐著，不能下台。

比起過去純樸年代，廟會吸引人的因素日漸消褪，我輩對廟會已不像上一輩那麼認真，不知道未來下一輩當家時，廟會又會變形成怎樣？

有一次去海邊參觀五年一度的燒王船廟會，人潮洶湧，運金紙白米生鮮蔬果日用品的卡車，一車又一車，把兩層樓高的王船塞到滿爆，鬧烘烘忙了兩個多小時，忽然五彩鞭炮連環爆炸，黑壓壓的濃煙瞬間埋沒王船，待煙霧稍散，王船已燒個精光，人潮一哄而散。

啊？就這樣？好浪費、好不環保呀！驚詫之餘，我轉頭卻見擠在身邊那位阿婆正雙手合十，雙目直盯王船，口中念念有詞。其專注似乎在四周形成了結界，讓漫天煙硝喧嘩都自動退避。臨走時，她對我說，若有陰陽眼，此刻就會看見王船順著退潮揚帆出海。

這位阿婆年高七十九，拄著拐杖從鄰村趕來，她說她從「做囡仔」就來送王船，至今送了十幾回，無一缺席。

那日黃昏遙望茫茫大海，我沒看到返天述職的王船，倒隱約若見，誠敬中有神、虔信處有廟。

人間願望不斷、祝福不息，想必廟會就會一直變形，一直傳存下去。

豪情快意大辦桌

回小村才兩年餘，吃過的辦桌次數卻比過去全加起來的還多。

原來辦桌在鄉下這麼流行，只是我從前住在都市未能躬逢其盛。

那日一早七點，村子裡「公厝」（社區中心、太子爺廟）的「放送」（廣播）就來了：

「各位鄉親、善男信士大家早安，今日是農曆三月二三、天上聖母聖誕千秋，ㄌㄢ（我們）庄天后宮今日中午有辦桌，欲邀請各位相招來乎媽祖請吃平安……」於是幾乎全村中午都不開伙了，大家齊聚天后宮廟前馬路上吃辦桌。

到底一年到頭有幾攤這樣神明生日派對呢？我也數不清，因為本村寺廟實在太多了，只知那一年一度唯一的素筵一定是觀音寺辦的。

廟會之外，舉凡婚喪喜慶都會辦桌，近年連農曆春節也不例外。

春節辦桌日原來只在初二女兒回娘家、必須宴請女婿那天，後來連除夕團圓飯也有人包辦。更絕的是，依此地傳統，除夕下午得盛大祭祖，而有些人嫌麻煩，或才從外地趕回老家、不及準備，因此辦桌業者順勢「服務升級」，只要訂除夕宴便可「加購」整套供品租賃，等拜完再把供品送回「中央廚房」，總鋪師便重新處理成該戶除夕大餐的一部分。

那「中央廚房」是個臨時帳篷，設在里民活動中心附近空地，全部菜餚和餐具都得自行開車運回家，餐後再將餐具歸還。至於桌椅，業者前一天就會先送到客戶家裡，事後再來載走。小村人少，彼此都熟，一切無憑無據，說了算，但從沒聽說出過差錯。

過去我對辦桌的印象只是紅色塑膠桌巾、塑膠湯匙碗，和燠熱、嘈嚷、髒亂，但現在的辦桌可不同了，「高檔」的比之餐廳宴席毫不遜色。

例如，使用整套緞面桌布椅套，借用有冷氣空調的社區活動中心，還搭配樂團即席演奏；最重要的是，每道菜真材實料，開放廚房、現場料理，上菜迅速利落，價格還比餐廳便宜許多。

小村一般辦桌，十二道菜是基本排場，每道都分量十足。一場宴席下來，可能從雞鴨鵝豬鱉、鮑魚、鰇龍魚、龍蝦、紅鰇、魚翅，到鱷魚、牛蛙、鳥蛋，統統列隊報到，令人瞠目結舌！還有各種紅酒啤酒果汁汽水都是無限暢飲，就是要你嘆服主人的「阿剎力」大手筆。

通常這辦桌吃到半途就很撐了，但在繼續努力喝過兩輪煲湯之後，臨上水果、甜點、冰品之前，總是卻又來一道「大封」（紅燒蹄膀），或者炭烤肉排。原來那其實是要讓賓客帶走的，此地人覺得酒足菜飽不夠看，還要讓人打包，那才叫「盡禮數」。

小村有幾位老牌「總鋪師」，他們都有各自的班底，所以村人只要看誰在席間跑堂，就知道這場辦桌由誰掌廚。老人家習慣稱「總鋪師」為「屠煮」，聽起來也像「刀煮」，早期總鋪師多是農閒時兼差，現在則大都專業投入，口碑好的總鋪師已不只做本地生意，還常得應聘到外地，若要請名師辦桌還得很早就預約。

對於辦桌帶來封街改道的任何不便，村人向來給予最大包容，因為在平淡寂靜的小村生活裡，任何辦桌都是個精彩亮點，它象徵著安樂、豐足、感謝和團圓，總引人由衷祝福。

尤其廟會大辦桌時，平時一天到晚著工作服的村民們，無不刻意梳妝打扮一番。看到那些老戴斗笠、穿「spulingu」（特指一種老派汗布內衣）的歐吉桑們，認真抹了髮油，又穿起襯衫正經出席，就感覺這真是非凡的一日。

這一日，地方公務員、農會幹部、各級民意代表都來了，還有小村居民的「親戚五十」，以及附近村鎮宮廟派來「逗鬧熱」的整車香客，讓小村乍現「人山人海」盛況，氣氛還頗有些夢幻、超現實。

雖然辦桌的山珍海味我大半不敢吃，但我已漸漸懂得品味小村辦桌的豪情與快意了。

田野無盡藏

曾聽一位媽媽說，她家小孩居然認為芭樂和芒果都沒籽，因為從小吃到的芭樂和芒果，都是去籽切塊擺盤的。

如今果菜攤、超市貨架、購物網頁儼然成為芭樂芒果的來處，大啖芭樂芒果卻從沒見過其果樹者比比皆是，更別說還有多少人能辨識其各自精彩的花朵，而大家對此毫不以為意，大概只剩七老八十那一輩會覺得離譜吧？

我雖自認「熱愛大自然」，但離開童年外婆家、開始求學就業後，生活現場都周旋於各種交通工具和各個室內，即使去野外休閒，和大自然間也隔著一片片概念，這個森林芬多精、那個溪澗負離子……而吃了種種果菜四五十年，對他們怎麼種、怎麼生長，多半也一樣迷糊。

中年落腳小村，人生地不熟，常獨自於晨昏家事之餘四處漫步、認識環境，四周盡是農作與花草樹木，得了地利之便，正好一一重新追查生活果菜的身世，無意間竟也同時啟發了欣賞植物世界的興趣。

我看見一棵樹，花開時盡情盡性，花落時不憂不懼，枝頭全部留了果實，來日果實熟透枯萎，則把花開的密碼如數交代種子，無私無求。一棵樹生生死死，歷程皆真皆善皆美。

還有那火龍果是仙人掌之一，為方便採收，此地農人都用鐵架支撐，其蟲害少、生命力強，定根後就算連挖帶砍、外加灌除草劑，也難叫她氣絕。這麼剽悍的植物，卻有極嬌媚的花朵，像燙了法拉頭的十七歲盛裝少女，靈氣直逼夢幻曇花。然而這花暮生朝死，總和我在清晨散步途中相遇的，其實是她短暫一生的晚年，也是臨終前最後的風華。

一般常吃的絲瓜開的花分公母，只有母的能結果長成絲瓜，公花過剩時常被採來油炸入菜。絲瓜與大小黃瓜、南瓜、冬瓜，花朵一樣艷黃漂亮，幾乎難分彼此，只能憑葉片觸感勉強區別；絲瓜與瓠瓜的葉片和捲鬚倒滿像，但瓠瓜花低調灰白，像恬雅的蕾絲紗裙。

茄子紫色，花乍看也像紫牽牛花，原來兩者在植物分類上同屬「茄目」。秋葵有綠有紅，但花朵都是嫩黃色的，與葉子常用作粿葉的黃槿樹所開的花猶如雙胞胎，原來他們是錦葵科近親。

金合歡的花和相思樹很像，因為她們也是豆科近親。不過所謂「花朵」只是籠統講法，那黃毛球乃金合歡花過度張揚的雄蕊，她五片花瓣的小小花則低調地藏身其間不為人知。此花有個頗富詩意的別名——消息花，但不知她到底洩漏了什麼消息？

對荷花來說，蓮蓬算她的子宮，對蓮子來說，則是他們最精巧舒適的單身公寓。據考古研究，只要不破壞蓮子皮，其生命力可能保存千年，偶遇適當水土，便會再生姹紫嫣紅。如此包裝工藝真令人折服。

自然裡任何小片段都展現著同樣神秘的生命法則和工藝秩序，即使僅只皮毛的觀察，都讓我覺得如獲至寶。最重要的是，親眼看見果菜生老病死，甚至親手栽種後，她們就不再是花錢便能擁有的消費商品，而是天地間奧妙的活物，這讓食物吃起來的感受也大不相同了。

人與萬物同在那偉大法則秩序之中，也不過是個極渺小的片段組合，而且還依賴著好多生命的供養才能存活，沒道理妄自尊大。這並不是「熱愛大自然」的概念，而是攤開在小村田野的生存現實。

流連田野時，偶爾會有些片刻，恍如連上遙遠的童年。彼時小孩天天睜開眼就往野外跑，每到吃飯時間，家家戶戶找孩子的吼叫聲此起彼落；此刻小村連假日也不見小孩在田野玩耍，都市孩子回到鄉下則嫌「好無聊」，出門就怪熱怪髒、怕流汗怕蚊蟲，成天「宅」於冷氣房和電腦網路。

擁有太多的現代小孩是否卻失去了單純隨大自然尋歡作樂的能力？以後會不會也沒「鄉下老家」可回了？

其實是我們這一代大舉從農村出走的，又愛為下一代控制安全舒適的環境，就算帶他們去「親近自然」，也總緊張兮兮大驚小怪，不像成長於大自然的上一代那樣放手任我們探索。

所以，要怎麼怪小孩認為芭樂和芒果都沒籽呢？遠離田野的小孩不知道，錯過的那粒種籽正藏著大自然的無限美妙。

「在地鮮」洗禮

從小我就不是看重吃、懂吃的那種人，對上山下海、獵奇嘗鮮毫無熱情，倒是中年回小村，順隨環境和長輩的意思，莫名其妙跟著人家吃了好多「在地鮮」。

每到冬天，二期稻作收成後、田裡播撒的綠肥開花時，小村周邊菜市場就會開賣當日現採油麻菜花。那通常是位歐巴桑，邊擺攤邊以小刀削除菜梗皮，一把大約一斤，未除皮二十元一把，除了皮的二十五。油麻菜花以蒜末和少許油鹽，加水半炒半煮，就是一盤清香好菜。

這在南部很普遍，在台北市場似沒這麼受歡迎，知味顧客多上了年紀，一見油麻菜花就懷念舊日田園時光。

這類野菜還有台語叫「烏耔仔菜」、「烏點歸」的龍葵。龍葵性寒，氽燙後常以薑絲麻油拌炒，有股獨特生味又略苦，愛者恆愛，不愛者嫌難以入口。回小村後才發現，原來童年在外婆家農村野地裡，最常摘食的小黑莓，就是這龍葵的果子，甜甜的、別有自己的風味。

與龍葵口感近似的另一種野菜赤道櫻草，俗名就叫日本烏耔仔菜或日本枸杞。她開淡紫色花朵，如小號牽牛花，市場少見，若非村人摘了送我，我還不曉得能吃。後來在台北有機商品店遇到這菜，標籤上打著「活力菜」，可不便宜。

除以上幾樣，還有韭菜花、茄子、菱角都是我過去少吃的，回小村卻因本地人愛栽而常吃。連帶地，我以前很少用花椒調味，近來卻覺得以低溫微爆花椒的香氣真好。

此外還有果子。二〇一四年夏天，自家魚塭邊有棵種了二十年、年年都只生幾顆「敷衍了事」的果樹，突然滿株結實纍纍。那果子外形如綠色刺球，名山刺番荔枝，俗稱刺梨仔、阿娜娜或羅李亮果，滋味甜蜜酸幽，天生異香彷彿蜂王乳、諾麗果和釋迦的合體，據說營養又能治癌，上世紀初由菲律賓引進台灣，主要栽種於台南六甲，我們家那棵當年就是在六甲買的。

這果樹生命力強韌不怕蟲，為何卻少人栽種呢？猜想是因風味非大眾路線，又比水蜜桃還「惜皮」，一碰就破爛，不耐放且難運送。直接現吃，籽多麻煩、滋味太濃，黏糊糊的口感不甚好，遇熱則酸度增高又似發酵狀。小村這裡習慣拌剉冰吃，更講究的則加糖打成冰沙或做成冰淇淋。

為不浪費果子，我趕緊邊分寄諸親友，邊試著加工保存。過去我太忙，常說熱愛手做，卻止於「紙上談兵」，這下被盛產的山刺番荔枝推一把，親手做出冰淇淋和果醬，覺得好得意。

不過，比起做「破布子餅」，這只是小case。

某個夏日早晨，看到菜市場好多鮮採破布子，一斤三十五元，我一時興起買了一百元，心想不過就三斤玩玩嘛，回家一下手處理，立刻知道這下玩大了，退貨不行，丟棄更不行，只能咬牙硬著頭皮玩下去。

那三斤破布子光浸泡沖洗，再把一顆顆滑膩的果實從枝梗蒂頭剝下，就耗掉三個多小時；接著得守在鍋邊，不時翻攪並加水，以免燒焦。直至熬到爛熟，至少要一個半小時。這同時還要煮一鍋調味醬汁，然後兩樣再合起來煮，最後靜置待涼，分塊放冷凍庫。完工後還要清洗被破布子稠膠裹了一大層的鍋碗，終於大功告成時，天都黑了！

從前婆婆每年都寄一大包親手熬的破布子餅上台北，說那是蒸魚、煨菜上品，單配稀飯也絕佳，但我看那一坨坨褐黃色土里土氣的，嘴上說謝，心下卻嘀咕：「喔，又來了」，如今自己試做一次，才知那有多珍貴難得，也才明白傳統配方中為何加花生和嫩薑，我只用一味破布子，做出來的就太黏、太韌了。

有人說：「You are what you eat !」意思是食物會構成你、與你合而為一。回小村以來，我吃了這麼多過去很少吃或沒吃過的東西，不知道這些食物的加入，會把我「update」成怎樣的「新人」？

著時之味

去年夏天某日跟老爺有段這樣的對話：

「啊？妳同學回台灣？不是前陣子才回來嗎？」

「拜託！那是去年的事了，你忘了我去她家時帶一箱酪梨？」

「對喔，今年又快採酪梨了，時間過好快！這麼說，××和××來看我，我帶她們去採龍眼，那不就是去年此時？怎覺得才差不多半年前？」

我心想：「就是說呀！等今年柚子成熟時，你大病後的日子就滿兩年了，怎那麼快啊？」但接著一回神卻不禁發笑，什麼時候我們開始拿果物當生活「時間軸」了？

因而憶起有次跟一位稻農朋友聊到，某年出差日本東北，曾順道拜訪花卷市的宮澤賢治紀念館，正趕上其百歲冥誕特展，朋友一驚，說那年他恰巧也去了，便追問我是那年何時去的？看我一時傷腦筋，他接著熱心提點：「那時花卷的稻子結穗了嗎？」這下換我嚇一跳，怎有人用稻穗為座標來記時間啊？不可思議！哪知更不可思議的是，多年後，在小村夏夜星空下的悄悄一瞬，我竟忽然明白了那朋友的說法。

民以食為天，依循四季農產覺察時光流轉原屬平常，但為什麼過去我幾乎不從這角度標記生活呢？或者，該進一步問的其實是，為什麼過去我對歲時作物的更替那麼無感呢？

會不會是現代都市生活舒適方便到與現實脫節了？彷彿只要付錢，市場隨時能供應任何季節任何產地的任何食物；只要有錢，一切都能立即無限量擁有，毋須期待等候，也不必珍惜，即使珍惜也只因為「很貴」。

從前「本土盛產」幾乎等同平庸廉價，從越遙遠的異國進口、在越不可能出產的季節裡享用，越是稀奇高貴。近年，吃當令、吃在地、吃原味這古老的飲食觀念日漸復興，但要在都市裡落實，卻得相當刻意。因為都市人吃什麼幾乎取決於市場賣什麼，而市場賣什麼又被行銷、貿易所操控；換句話說，我們數著鈔票浮沉於食品商業浪潮中，不知不覺已與食物的源頭——土地，斷了連結。

小村沒搭上這波商業飛快車，似乎還以牛步落後於古早農業時代，每戶多少都會栽種自家吃的蔬果，菜市場賣的大半來自當地，即使從果菜市場批發，也以就近、盛產、最便宜者為主，因為稍貴一點，小村老人家就捨不得買。

這樣的小村反倒賜我一間鮮活的教室，有機會親身體悟，糧食其實是天地人巧妙合作的偉大作品。

生活在小村不必去查記當令蔬果是什麼，因為市場自然而然呈現的便是。只要勤問，老人家還會教你許多「好吃」的學問，例如：

荔枝多在端午前採收完畢，端午後就準備開始吃芒果，而芒果盛產時也是破布子熟透時，芒果性熱略毒，破布子的稠漿正可解其毒；入夏後韭菜花正青春，一過白露就老了；中秋過後採菱角，但最美味的階段落在初冬之際，等北風劇烈，菱角仁的「Q」度隨即走下坡……

立春過後，見青蔥生氣蓬勃，其後接棒登場的韭菜也綠得發亮，從此童年常聽阿嬤說的「正（月）蔥二（月）韭，卡贏（勝過）呷肉脯」，便不再只是懷舊俗諺而已。

這就是台語所說的「著時」——正著上好之時機。吃著時，宛如在蔬果最精彩的時候，與之合而為一。著時天然食物不只好吃，那種特色洋溢的美麗和個性奔放的芬芳，不用解釋分析，剎那間就輸入一種近乎宗教的神秘力量，既安慰腸胃又溫暖肺腑，令人不禁想叩謝天地及農人的恩惠。

食物來自天地，必受時空限制，但當食物成了講求快速、標準、量產、耐存、易運、且永遠顏色誘人的商品，不虛偽做作怎行？雖然大家都說要吃真食物，只怕感官知覺早已被飲食商品蒙蔽扭曲，還有多少人能接受真食物未必整齊的本來面目，以及產量、風味都隨環境變化無常的敏感脆弱？

雖然如此，但我仍相信只要深深被著時之味感動一次，人們對真食物的信仰就不會斷絕，而誰說那不能是飲食革命的先鋒、淨化世界的開端？

「吃吃」的等待

一直自認不大講究飲食。只要乾淨衛生、無血腥能充飢，基本上什麼食物都行。甚至，似乎隱約將太認真吃喝等同耽溺享樂、浪費時間。

但在回小村的第一個冬天，這「正經八百」就被小小「九號仔」給大大捉弄了。老派「九號仔」花生其貌不揚，在漂亮大方的新秀「黑金剛」旁邊，相形更遜。然而，剝開一嚼，濃郁的香氣瞬間收攝所有注意力，令人忍不住一顆接一顆，正是台語說的越吃越「ㄙㄨㄚˋ嘴」停不下。

九號仔配熱呼呼米飯或清粥，最是相得益彰，連吃兩三碗，意猶未盡。若還有一小碟清爽的淺漬玉蘿蔔，便堪稱頂級饗宴。

花生採收時正逢細長型白玉蘿蔔產季，這蘿蔔質地細緻堪比水梨，錯過了也只能再等一年。自此每入冬，我就惦記著與花生蘿蔔有重要約會，這款想念是我過去不曾有的。

小村冬天叫人盼望的，還有壓軸登場的特產菱角。村人很會吃菱角，早生的不夠飽實、晚期的甜度降低，中期最Q最讚，但必須當日現採現剝，不過隔了一夜，他們就會說那不好，「冇青」（不新鮮）。

小村菱角只夠賣到彰化，再北就得泡藥漂白保鮮。自從嘗過鮮菱之後，所有熟悉的冷凍果菜忽然都變得可疑，恐怕諸多原味早已不為人識。

過完年，小村春季當家美食就是清明節祭祖潤餅。此地潤餅內容全刨切成細絲，材料以時蔬為主，至少以下二十樣：豆薯、豆芽、豆干、皇帝豆、大頭菜、大頭菜脯、青蔥、韭菜、香菜、芹菜、高麗菜、紅蘿蔔、竹筍、大蒜、香菇、蛋皮、豬肉、大麵、花生粉、糖粉。當然還有最重要的潤餅皮。

小村清明節現做潤餅皮乃傳統名物，附近村鎮居民都會來買，口碑老攤無不天亮就大排長龍。以前我沒注意欣賞潤餅皮，在小村度過第三個清明節以後，才約略領會好的潤餅皮不只薄韌，還須柔潤，捲到最後幾乎自然「黏合」收邊，而品質不到位的餅皮，彈性差，邊緣乾硬，包起來容易破。

夏天必然不會錯過的，是西瓜、破布子、荔枝、芒果、龍眼，因為到處都是。

我愛在樹下現摘現嘗，高興怎麼吃就怎麼吃，殼與子隨地順手丟，吃夠了就走；芒果則採一大盆配一把小刀，杵在水槽旁，邊削邊吃那種零損傷、「在欉黃」到正好的極品，其餘立即打入堆肥桶，毫不手軟。

這種不甚優雅的土豪吃法，實在太歡樂滿足！已記不得嬰兒時期，但每次賴著一棵果樹予取予求時，都不禁暗忖，吃母奶的感覺就是這樣吧？又聽說覺者的共通點是

「在謙遜中滿懷神聖的喜樂」，那麼舉頭靜靜仰慕一棵結實纍纍的果樹時，大概就是我輩凡夫最接近「開悟」的片刻吧？

夏天容易錯過的是白河當季蓮子。一般市場上賣的多是進口貨，有一種越南來的還不錯，但不比本地的綿密清香，至於另一種又大又白卻久煮不爛的，簡直是詭異化石了。白河蓮子產季短產量有限，非內行者買不到，每年能吃到三五斤就不枉盛夏。

秋天則照例要迎接最燦爛的在地文旦。那種巴掌大，皮薄，果肉晶瑩軟糯、甜美多汁的老欉文旦，大都在去年就被預訂一空。其滋味只要體驗一次便「曾經滄海難為水」，行經滿街滿倉的淡綠色文旦山丘再也不輕易動心。

與文旦大約同台的另一要角是酪梨。一般常加牛奶打汁飲用，但這種吃法總趕不上一大簍開始完熟變紅紫的進度。我更愛切小塊拌洋蔥丁、番茄丁、蘋果丁、香菜末，加檸檬汁、黑胡椒、少許油鹽糖調味，做成沙拉。

一大簍？沒錯，不是一小袋小盒，這是鄉下人應接「著時」果菜的慣常手筆。就在以上「澎湃」陣仗與格局的震撼教育下，轟然現出貪吃原形的我，不知不覺間也加入了對一輪又一輪四季美味「吃吃」等待的行列。

最「台」的夏日配角破布子

台灣南部每年端午節前後採收荔枝，荔枝才要鞠躬下台，芒果就急著絢爛上場；而一吃到芒果，便知夏季熱浪已全面席捲海島，這時所有樹林野地的天空都變成卡拉OK大包廂，白天蟬唱澎湃，夜晚蛙鳴洶湧，滿耳被灌爆的人們只想懶洋洋地躺下來吹吹涼風。

其實這時還有一名悄悄登台的演員，戲分也很重，只是她長得太不起眼，又都當配角，所以很少成為注目焦點。她就是紫草科落葉喬木「破布木」的果子「破布子」，俗稱「樹子仔」。

大台南是台灣生產破布子的重鎮，尤以左鎮、玉井一帶最多，一般農村路旁圳溝邊都常見。最容易辨識破布子的方法，就是她葉片表面常起一粒粒疙瘩，我原以為那是自然特徵，後來才知其實那是葉片受「超級粉絲」瘤節蜱刺激而病態增生的「癭」。

小村從六月下旬就開始出現淘洗破布子的風景，進入七月又更多見。破布子反覆沖洗乾淨後還要一粒粒剝除蒂頭，這已夠讓不耐煩者退避三舍了，然而這不過是製作料理用破布子繁複工序的前置作業而已，接著要把破布子混合一定比例的鹽、冰糖、蔭醬油、嫩薑（也可再加蒜頭、花生），注入蓋過材料的清水以文火熬煮至少三小時以上，最後做成丸狀或塊狀破布子餅，可廣泛用於調味蒸煮各種台式料理，也有人喜歡直接用來配稀飯。

今年破布子產量減少，農會收購價從往年一斤十五到二十元漲為三十元。去年市場新鮮破布子一斤三十五元，今年零售價估計在五十元上下。去年我首度試做，結果不成功，澀味猶存，今年還沒提起勇氣興致再接再厲，倒已買了廟口歐巴桑做的一斤一百五十元成品回家大快朵頤了。

過去我看破布子黃褐褐一坨甚不起眼，也沒用心欣賞過她的好滋味，近年遷居小村方知吃破布子是多麼隆重的享受。南亞、東南亞和大陸南方都有破布子，但他們也像台灣一樣吃破布子嗎？到目前為止我還沒聽過。

芒果盛產時也是破布子熟透時。老人家說自古吃芒果就得同時吃破布子，因為破布子的「wui」（台語，指其像納豆一般的稠漿）正可解芒果毒性。所謂芒果毒性指的是未熟的芒果常帶有過敏原，只要完熟應該就不成問題，不過任何食物都不宜暴食過量。

日本大正時代食養運動曾提出一個口號「身土不二」，意指平均攝取當令、在地傳統食物有益健康。這麼說來，破布子與芒果共譜的，可不正是南島夏日「身土不二」的最佳主題曲？

若問台灣夏季「最台」的本土美食是什麼？那當然非破布子莫屬！難怪今年左鎮的破布子據說被僑胞預購一空，應是此物最能解鄉愁。

遇見蓮子

天然的、成熟到正正好的食物具有某種神秘力量，不只能安慰腸胃，還深深感動肺腑。例如這當令在地蓮子。

那種綿柔細膩，相信必能讓戰局裡劍拔弩張的兩方在各捧一碗吃卜霎時，就幡然變臉慈眉善目，化干戈為玉帛。

有一天我在小村菜市場買了越南進口濕品蓮子，一斤一百九十元，覺得好好吃；隔天再改買鄰近的白河當季鮮採蓮子，一斤三百元，回家煮來一吃——啊！那種好吃豈能只用言語讚嘆？簡直甘願跪下來謝天謝地！兩者質地之精粗、滋味之深淺無法言喻，但一吃便能如實體會、完全明白。

在地蓮子與進口蓮子價差這麼大，關鍵在人力工資。

據知不說人力採收的成本，光是收成後請人剝皮並去蓮心，一斤蓮子的工資就要一百二十元，而其做工之難，平常生手埋頭苦幹兩小時也未必能完成。以致目前鄉間還找得到老人家剝菱角（工資十二元／斤）、破布子（五元／斤），但肯剝蓮子的卻越來越少了。

我常想，為何不整枝蓮蓬原封出售，讓顧客回去各自處理呢？那樣吃起來更保鮮、更知得來不易，有何不好？不過，也許現代消費者都被慣壞也寵笨了，就怕人家一看那麼麻煩就掉頭離去，根本懶得一嘗吧？

蓮子就是從蓮蓬裡一顆顆挖出來的，外面包著一件淡綠色或灰褐色的種皮，中央則立了一支深綠色蓮心。蓮子清甘，蓮心卻極苦，所以蓮子都是去心吃的，但也有人專收集蓮心煮水喝，據說可退火氣。

對荷花（也叫蓮花，只是與「睡蓮」不同）來說，蓮蓬是她的子宮；對蓮子來說，則是他們最精巧舒適的單身公寓。據考古研究，經過這樣天工孕育的蓮子若不剝除種皮，其生命力可保存千年依然青春不朽，偶遇適當水土便可能再生滿池姹紫嫣紅。這樣偉大的包裝設計，真會令百貨公司裡所有精品都自慚形穢！

荷花整株都能為人利用，蓮蓬可做藥材，花朵除觀賞外，還能曬乾入茶。一般常吃的蓮藕是她的地下莖，蓮子則是的種子（所謂「蓮蓉」月餅就是用蓮子熬泥作餡）。

從前我買過一種經過漂白乾燥防腐的大陸蓮子，煮兩小時還頑固不化。買蓮子最怕的就是買到這種「石頭蓮子」，不過並不是所有乾燥保存的都是石頭蓮子，也不是所有看來新鮮的濕品蓮子都不會是石頭蓮子，重點在化學添加物；此外，也有不誠實的商人以較便宜的進口蓮子冒充在地蓮子高價販售。

我請教小村裡賣蓮子二十幾年的菜販辨識方法，他說加過藥的蓮子給人的感覺就是

「柴柴」（台語，意為僵硬、無生命力），仔細聞聞，氣味也怪；而進口與在地新鮮蓮子擺在一起時不難分辨，在地的色澤明顯較透亮，但分開來的話，連他們也沒把握能搞清楚。

蓮子產期很短，大約中元節前一個月左右而已。這麼看來，我能在盛夏吃到一碗當令的、在地的蓮子湯，可真是「粒粒皆珍貴」的難得幸福啊！

#「季節限定」文旦即景

中元節吃過龍眼後，小村的文旦園就漸漸忙碌起來。因為接下來的中秋節是辛苦一年的文旦農們，每年最重要的上台時刻。若能漂亮演出，則這麼一回登場所賺的，可能就夠一年生活，還有盈餘；但要是演出不如預期，也可能血本無歸。

所謂漂亮演出就是文旦飽滿甜蜜，且採收在最好的時機，並能趕在中秋節前全數出貨完畢。這除了需要種植技術、照顧勤勞和銷售能力外，更得靠老天幫忙，萬一這期間來陣颱風暴雨，可能造成嚴重落果，損失慘重。有些果農因怕天候不穩定，所以提前搶收，這樣的文旦吃起來口感較粗硬，甜度也有差。

台灣主要文旦產在台南、雲林、花蓮，其中台南麻豆、雲林斗六、花蓮鶴岡所產的，堪稱近年文旦「三大名牌」。

據說文旦最早是在清朝康熙年間由福建引進台南，道光末年分株於麻豆栽種的文旦，成果品質更上層樓，在口碑相傳下，慢慢開創出麻豆文旦歷時三百多年至今不衰的盛名，後來「麻豆文旦」還成為學術上柚子的一種品種名稱。

文旦這名字怎來的？

閩南鄉野奇談古書中說，有個唱戲的文姓小旦家裡種的柚子風味特別好，所以大家便叫這種柚子「文旦柚」。這聽起來有點牽強。

還有一說是，有位叫「文旦」的日本將軍帶兵被圍困在山上，光靠一種汁多味美的綠色果實充飢，沒想到那讓他們精力充沛，殺出重圍，贏得勝仗。原來那是一種柚子，後來大家為紀念這位將軍，便稱之為文旦。這看來也不怎麼可靠。

不過二說都有點趣味，還能引人推敲一下文旦二字，我並不介意再次「二手傳播」。中秋、滿月、文旦，光就文字上來看，搭襯得多優雅美妙！

拜鄰近麻豆之賜，我們小村的文旦園也很蓬勃，近年農會還舉辦「A贏文旦」評鑑競賽，今年五十四組參賽者中，有三十九組甜度超過傳統標準十度半，評審委員都誇讚品質不輸其他老產區。贏得特優獎的果農，今年生產的兩萬斤很快銷售一空。

一簍簍淡綠色「文旦海」來勢洶洶，是這陣子小村清晨「季節限定」的風景。文旦園裡一群人爬上爬下、忙進忙出，正趕著在中午烈日炙人前盡量採收。要外銷的，貨櫃車都開到文旦園的馬路邊等候了；要自售的或交中盤行口的，也得一車車運到大倉庫存放。貨櫃要接冷氣、倉庫要開電扇，就怕悶壞了。

小村田野極少見年輕工作者，除非是果園採收時。因為老人家實在爬不了樹、抬不動果子，本地人採收工資一天一千六百元，能負重搬運的兩千二，外勞則半價就找得到，因此文旦園常見東南亞來的壯丁。從那幹勁與笑聲，猜想他們離鄉背井的這個工作天雖辛苦，但也分享了無國界的大自然採果樂吧！

回歸。

若非這沒落小農村的「末代古早人」提醒，
我可能不知不覺也誤以為時下所有日用享受都是理所當然，
還忘了儘管科技再厲害，那種依賴得少又會自己動手做的本事，總是最牢靠的生存能力。

遇見「末代古早人」

有些事實長相左右，簡單明顯，但你就是從來不會去想，有一天突然注意到，感覺宛如大夢初醒，又有些惺忪恍惚。

這一年夏天，婆婆開始標靶藥物療程。那藥丸造成她全身劇癢、冒發痤瘡，嚴重時還紅腫化膿，連頭皮顏面都無一幸免。有段時間，長在股溝的痤瘡惡化成蜂窩性組織炎，才幫她洗過澡、以厚紗布包紮好傷口，換了乾淨衣褲，旋即又被不斷滲出的膿水浸透。

我只好請她暫時使用「成人紙尿褲」，但她嫌熱癢難受，因而又改試「夜安型」衛生棉。她一用覺得「真好勢」（很恰當周全），不禁有感而發：「現代人實在有夠好命啊！」

衛生棉不過是平常日用品，隨便什麼賣場便利店都買得到，但這輩子從沒摸過、用過衛生棉的八十歲婆婆，卻把有衛生棉可用當「好命」。

據說衛生棉產品一次世界大戰後才出現於美國，婆婆成長於日本殖民時期的台南貧窮農村，到衛生棉較普及的一九七〇年代，則已停經用不著，而她唯一的女兒也從國中開始就離家住校，難怪沒機會接觸。

婆婆說，她小時候用的是「月事布」，那是自己以紗布或廢布片車縫的簡單布墊，用別針別在褲頭上，水洗重複使用。可想見那不大「靠得住」，常弄髒衣褲被褥。後來，「賣雜細仔」（早期挑著針線胭脂水粉等婦女日用品擔，巡迴村莊兜售的小販）帶來一種日本進口的黑色橡膠製月經帶，可塞入布墊再綁細繩於腰間以固定。那稍可防滲漏，但一工作走動，橡膠就容易磨破皮膚，並不好用。

月事這樣麻煩，那古早時每天上大號又用什麼擦屁股呢？

從我有記憶以來，生活中就有衛生紙。最初衛生紙用白色紙袋包裝，上面印的商標好像是幾個相連的小圓環。婆婆說衛生紙也是她將近中年才見，而且還是在城市或經濟較寬裕的人家才有，她從小用的是一種叫「屎篦」的刮屎片，台語聽起來像「屎杯」。

屎篦其實是黃麻的莖稈，曬乾去皮、剖片切段後，每支長約十五公分，用容器盛裝備用，乍看像廁所裡放小籤筒。雖然遠不及現代衛生紙柔軟舒適，但她印象中還滿好用的，也不致刮傷皮膚。

為此，古早人家多會種幾欉黃麻，婦女忙碌的家事中，就包括為全家製作屎篦。洗「衛生棉」已夠累了，居然連「衛生紙」都得ＤＩＹ，古早生活可真不容易！但婆婆覺得這些只是小case，更吃力的日常雜活還多得很。

例如，早年公婆在菜市場做生意，當時台灣沒塑膠袋，蔬果用「鹹草」（三角藺草，或稱石草）綁或用竹籃盛，魚肉類則用芋葉、竹葉或竹籜包裝，那些素材都得自己去野外採集，再加清洗曝曬處理。後來有紙廠零售大捲牛皮紙或蠟紙，他們每天晚餐後又忙著裁切紙張，以糨糊黏貼成大大小小的袋子備用。

此外，家家戶戶還得自行定期清理人畜排泄物和生活廢棄品。那時沒垃圾車，甚至沒垃圾概念，因物資極度缺乏，所有東西都必須輾轉再利用，最終才掩埋或焚燒，回歸為大地肥料。

今日３Ｃ世代無法想像沒有自來水、電力、網路的舊人生，不能體會排隊打公共電話，或期待郵差送信來的舊心情；而老一輩難以接受數位年代的新時空感，和消費主義下的新價值觀。唯有我們半老中年，逡巡於新舊之間，既懷古又仰慕時尚的便利與絢麗。然而，前瞻時，不免對這款疾速到近乎無情的毀棄與創造心生戒懼，憂慮透支地球資源、僭越環境安全界線，可能貽害子孫、萬劫不復；後顧時，卻又一面慶幸艱苦已過、一面感傷那種樸素是再也回不去了。

若非這沒落小村的「末代古早人」提醒，我可能不知不覺也誤以為時下所有日用享受都是理所當然，還忘了儘管科技再厲害，那種依賴得少又會自己動手做的本事，總是最牢靠的生存能力。

彎腰討生活

近年有人來小村租地種洋香瓜。洋香瓜適合與水稻輪種，但不宜就地連作，所以須不斷換田。瓜農以一分地（約三百坪）一期七千元承租，村人都認為「好價」，因而幾乎談一塊成一塊。

一分地稻子一期收入約有一萬到一萬五，但這還沒扣除成本及可能歉收的風險。所以，村民覺得穩拿七千算「好賺」，至於洋香瓜架棚施肥用藥後、續種稻米可能的狀況，似無關緊要。

七千元在都市勉強只夠付小套房月租，但在農村卻能對大塊耕地挑三揀四，且租期長達半年。一分地稻子收成好，意味著至少有一千斤稻穀，一千斤稻穀能碾出約六百斤白米，供普通四口之家吃一整年飯綽綽有餘。然而，這一分地一季耕耘所得，卻連半支iPhone6都買不起！

有次修腳踏車，小村老師傅埋頭弄得滿手黑油，大約半小時終於起身說：「好了。」我請問工資，不料他竟答：「沒換啥零件，免啦！」老農們就像這樣，不惜自己時間人力代價。純就做生意來看，用大片田換那麼丁點收入實在沒賺頭，但老人家仍欣然以赴，因為他們都曾苦過來，習慣勤儉知足，也因無奈這農產賤價的現實。

除耕種外，阿公阿嬤們在路邊簷下、坐小板凳圍著一堆鮮採菱角或破布子，彼此有說有笑，雙手卻忙個不停的畫面，也是小村別致的傳統風景。

天亮時，附近罐頭工廠的卡車將上千斤破布子運到馬路邊據點，一個個老人家陸續自動來上工，大約中午，工廠再派人來秤量、核發工資。期間無人盤點領收，現場也沒監工，一切自動自發，無須任何言語。

未處理的破布子一斤市價至少三十元，比那摘得一斤的工資高出六倍，但大家都信任村人不會路過「順手牽羊」或「明剝暗藏」。

從枝幹蒂頭摘下破布子，一粒粒集滿一斤的工資是五元，一小時若能摘得十斤便算大內高手，常人花三小時恐怕也賺不到7-ELEVEN一小時工讀薪水。老人家自我解嘲說：「這款錢只剩阮這水ㄟ肯賺啦！」

「阮這水」意味著「我們這一代」，「這水」指的是經日本統治與世界大戰、如今已七老八十的世代。

小村不少農地採糯米菱角輪種（糯米較早收成，方便淹田準備種菱角），菱角收益遠高於稻米，然而人力成本也高，不說果實洗、剝，光採收都全賴人工一叢叢揀、一粒粒拔。此地採菱工時自清晨六點到中午十一點、十二點到下午四點，每天九小時整。工資行情是熟手一日一千二（午餐茶水自理）。烈日下獨自一人，工作單調反覆，也只有老人家耐得起。

兒時歌謠：「我們倆划著船兒採紅菱呀採紅菱……」似優哉游哉，還能打情罵俏，但其實小菱角船只容一人，若分心走意可能被暗附於葉片下的福壽螺割傷，誤採未熟果還難免遭雇主白眼兼扣錢。

至於剝菱角殼，有的在菱角田主家，有的是中盤商臨時派工據點，也有的在自家「接單」，再由專人上門點收。剝菱角工資也是當場秤算，一斤菱角仁十元，熟手一小時也不過剝得五六斤。一位九十歲阿婆得意地說，她剝的菱角仁兩頭尖無缺角、從沒人嫌。雖然做一上午就腰痠背痛、手指僵硬，但她仍慶幸村裡有這種「老人工」能讓她「加減賺」。

聽說，會賺大錢乃身分非凡，享受名貴即地位卓越、品味高尚，相對於這崇拜養尊處優的時潮，小村老農顯得如此寒磣，然而，每當有人抗議付出太多、收入太少、經濟不長進，我總想，若能如實看見這些老農，人們的態度也許就會不一樣吧？

不是說社會應倒車回老農經濟，只是，相信注視那底層勞苦，當能引人一瞥自己內在許多習以為常的傲慢，並重新想想工作與賺錢的真諦，也景仰那久違的、在天地間憑雙手彎腰討生活的一份謙卑自在吧！

天縱綠手指

近年「都會菜圃」、「田園城市」成了前衛時尚，但那其實是種復古情調。

從前大家為填飽肚子，無不盡量利用空地栽種食用植物，路樹選種果樹，機關學校還開墾菜圃，東西方皆同，自然而然。

後來聚落功能分化，所謂工商業區、住宅區就是非農業區，就像人被社會分工再分工，隔行如隔山，若非農人就難有時間、能力和環境條件去耕種。早期不管貧富、無論城鄉，家家戶戶幾乎都會種些蔬果、養些池魚禽畜，如今那種生活風景已一去不復返。

像小村這樣一個沒落的傳統農村，沒搭上新經濟飛車，也沒讓工商投資客看上眼，再加上年輕人口外流，居民多是上個世代務農者，才能大致保留自給自足的舊日生活。有些人家不但有稻田、菜圃、果園，還有小池塘，即使沒這樣周全，至少也都種了幾樣蔬果，所以村人一年到頭都在互贈自家果菜，市場菜攤上也有相當比例是「在地阿」一現採時鮮。

村人向來最愛種、也種最多的，正是食用植物，難怪公婆每次看老爺和我在種不能吃的花草樹木，都會搖頭說「又在做沒營養的閒工」，種一些「阿里不達ㄟ」。

小村食用植物除日常蔬果外，還包括五花八門「藥頭仔」，也就是各種「聽說能治病」的植物。

例如，金合歡被奉為「轉大人」聖品，俗稱「刺仔」。其花能提煉香精，樹皮和果莢能熬製染料，根確實可入藥，但作用在收斂、止血、止咳，怎也能「固筋骨」？至於枝條有細刺、葉片含丹寧酸，可是有毒的，據說是其祖先在熱帶曠野原生地為對付動物咬齧所發展出的生存辦法。

還有一種「雞屎藤」止咳祛痰、「恰查某」（鬼針草、咸豐草）消炎退火、「黃水茄」清肝利尿、「諾麗果」排毒防癌……

若是不能吃，也得在生活中派上用場，例如榕樹好遮蔭，月桃葉能包粽子，黃槿葉可做粿葉，芙蓉葉專門驅邪避煞、參加喪禮必摘數片隨身……

再不然就是要能賣錢，否則在小村老人家眼中，其餘兀自蓬勃的花木跟生猛雜草實在差別不大。

因此，除非有以上幾張「免死金牌」，小村植物生滅之「無常」實非普通之「迅速」，許多美好花木總是才令我驚艷不已，隔天便香消玉殞。而就算能吃、能做「藥頭仔」，或有用、有賺，萬一有礙主經濟收入，也是格殺勿論，絕不手軟。

例如那長在田邊的桑葚，即使結實纍纍、果紅稻綠相得益彰，但只因會招引鳥雀來開野餐派對，可能殃及黃金稻穗，下場幾乎都是慘遭處決。

鄰居亮叔的魚塭邊有棵種了快三十年的蘋婆樹，有年夏天我摘了許多蘋婆果（又稱鳳眼果，台語叫「品ㄆㄨㄥˊ」）蒸來吃，為那失聯已久的童年滋味好生感動，豈料秋天一過，亮叔竟花一千五百元請人把整棵樹連根剷除，原因是大陸一口氣下三千公斤訂單，平常人工撈捕應付不來，必須雇用起重機器手臂，那可憐的蘋婆正長在魚塭入口，讓機器無法迴轉，故而老命不保。

為此我真心疼，但亮叔說那樹本來就「冇路用」，只會掉落葉進魚塭，給他找麻煩。

對小村這些老人家來說，種什麼長什麼乃稀鬆平常，不足為惜，因而起煩惱只會惹他們笑：「空空！」（傻氣。）

他們是經歷過戰爭、挨過餓的一代，會這樣看待種植是很自然的，妄想改變他們才真是「空空」。

人家他們有「天縱」的「綠手指」，只要一把鋤頭、一只水桶，光路邊隨便一條腳板大的田埂，就能洋洋灑灑種出一堆青蔥、番茄、花生、韭菜、大頭菜……甚至連僅僅一步寬的田溝，他們也不捨得浪費，非得在上頭搭細竹架，種它幾株絲瓜不可。

我輩該擔憂斷絕失傳的，倒是老前輩這種耐性、毅力和真本事啊！

歲月皺褶邊的花蕊

小村紅磚瓦厝年年翻新成瓷磚洋樓，而搬張小凳屈坐樓前看人來人往的阿公阿嬤正年年衰老凋零。

厝彷彿火車，人是景，雖在同一時空，卻往不同方向各自疾馳。

經過那些老人家面前時，我常揮手嘻笑，他們的表情會泛起一陣羞赧，然後跟著揮手笑起來，那笑純真且謙遜，像徐徐開在歲月皺褶邊上的神秘花蕊。

若駐足說說話，他們開口第一句大都查問：妳是我們庄的人嗎？妳住哪裡？

據我經驗，城裡人很少會這樣問人家。小村長輩一生緊貼土地，所以也用地方為座標來記憶所有人，有句老話就說「人不親，土親」。像我公婆，連一些長年老客戶的姓名可能都說不上來，卻對人家住哪一清二楚，平日提及也慣用某某地方那位來表示。

在小村我也沒名字，只回答是某某人的媳婦，對方就會點頭、睜大眼睛，發出長長一聲「喔～」。那是敞開大門的音響，附帶溫暖笑容，即刻認證：「原來是自己人」。

應該是公婆在小村人緣好，我這樣一個外地人才能很快被接納，甚至備受歡迎照顧。由於沿路人家盛情難卻，我經常空手出門散步，卻一手絲瓜一手菜苗地滿載而歸。

也有些明明是第一次打招呼，但老人家卻認真盯著質問：妳又出來拍照啦？怎不帶那條大狗？妳「頭家」（指先生）今日沒來散步喔？或者，妳買新帽子了嗎？戴這頂讓我一時認不出……

看來小村根本毋須安裝什麼監視器，那些默默蹲在街頭田尾、埋在茭白筍田裡、隱身文旦樹林間、或在廟口椅條上打瞌睡的阿公阿嬤，不知早把我「掃瞄」幾遍了！

我在小村的許多「老朋友」就是這樣慢慢結交來的。他們很少進一步探問我來歷，可能覺得知道是某某家媳婦就足夠，或對我是誰並不感興趣；也可能我的提問太多，光回答那些就夠他們「講到嘴角全波」（台語俚語，形容熱烈敘述不休）。

我看到什麼問什麼，包山包海、雜七雜八，從四時作物、農事技巧、飲食傳統、今昔之別……到鄉野奇談，都好想知道他們的說法。我因此學到許多知識，還發現小村四處藏著許多精彩「八卦」。

例如某某宮廟埕上那些龍眼木老椅條，原來大有典故。話說五十年前某某伯一時「痟豬哥」非禮某某嬸，結果村長和「衙門大人」（小村老人用語，指派出所警察）出面主持公道，罰某某伯登門道歉、放鞭炮，以「洗門風」，同時捐六張椅條放廟埕供眾人歇坐。

當然我也聽到許多故事，驚嘆眼前這些看起來很平凡的老人，背後各有非凡歷練。

有位順基嬸年方六十四，但已當外曾祖母。她說自己一隻眼睛故障又長得醜，到二十二歲才有人要，草草嫁作三十八歲老尪的續弦妻、六個女兒的後母，新婚之夜一床新被就讓最小的三歲娃娃尿濕了。之後她連生六女，最終懷上兒子，卻因車禍流產，漫長的哺乳生涯才告一段落。為餵飽孩子，她在後院闢一分地菜園，輪番栽種當令蔬菜，至今三十餘年。孩子一一離家後，她每天清早摘菜去廟口擺地攤。菜園是她的遊藝場兼健身房，也是最可靠的「土地銀行」。

有位「阿玉ㄚ」姨八十歲，四十多年前，先生因骨刺手術失敗而半身不遂，自家薄田頓時廢耕，她也無法再去工廠做工，為維持生計，只好去撿「壞銅舊錫」，如今是小村最老牌的資源回收工作者。儘管回收工作滿辛苦，一公斤廢紙才賺兩元，但她覺得生活真滿足，每次見到都笑咪咪，總說誰誰誰都是她的貴人，能有今天多虧小村有這麼多好人好事。

我想感謝她們傳給我生命的勇氣，卻總是辭窮，因為面對如此老實的蒼勁，所有語言忽然顯得那麼輕佻。

草地師傅農博士

天天漫步小村最大的收穫是，認識好多「很寶」的老農「師傅」。

其中有位七十歲、叫「太靜」的歐吉桑，我感覺特別投緣。

第一次和他「搭訕」是被他漂亮又有灌溉設計的菜園吸引，問他是否允許拍照，他說當然可以，隨即一眭眭熱情解說，說得兩眼發亮，像在展秀自己的孩子。臨走時，又抓一把青蔥苗要給我回家種。「家己欲吃就有，免去買！」他說。

真說到我心坎裡了，擁有自給自足的家庭菜園可是我一直以來的夢想。

此後我常去請益，他的菜園成了我的農村補習教室之一。

太靜歐吉桑只讀到小學四年級就因數學課如「鴨子聽雷」而不想上學了，從此專業務農至今。他對務農的感受是：雖然罕能發財，但卻是世間職業裡面「尚根本ㄟ」，「可以單獨恬恬仔去做，免和人葛葛纏」，靠一己之力、順天地討生活，辛苦但自由自在。

年輕時，他還趁農閒打過許多工。台灣鐵路電氣化初期，所有枕木都靠人工挖起換水泥條這項大工程，從苑裡到員林這段裡面就有太靜歐吉桑的青春血汗。

太靜歐吉桑有顆赤子之心。有次他介紹我認識圳溝邊一棵「山咖啡」，說那果子很甜，是他們童年的零嘴。說著就認真定睛搜索全樹，一瞄準目標立刻伸長手臂、踮起腳跟，又拉又攀。看他逼近溝邊，我叫他快別採了，以免踉蹌落水，但他渾然忘我、使命必達。最後只見老先生興高采烈遞過來一隻大手，手心上一粒小小紅果，催促道：「呷看嘪咧！」（吃吃看。）

那紅色漿果甜甜的，但不大有咖啡味，到底是什麼樹呢？看起來不是咖啡樹；決明子有個別號就叫山咖啡，但這也不是決明子。只好回家搜查一番，才知原來是田麻科西印度櫻桃屬的「南美假櫻桃」。由於果子成熟時會散發芳香，又像咖啡果實般紅艷，台南一帶真的俗稱它山咖啡。

太靜歐吉桑的菜園裡有種他特別推薦、據說超好吃的菜，叫作「日本枸杞」。花朵有點像迷你牽牛花，在菜市場未曾見過。搜查結果是「赤道櫻草」，除花朵同為紫色外，和枸杞一點關係也沒有；而原生地在亞洲赤道附近地區，跟日本更八竿子打不著。會得此綽號可能因為花葉頗秀氣、吃起來口感細緻，而秀氣細緻正是台灣上一輩對「日本貨」普遍的印象？

有天太靜歐吉桑在種一棵小樹，葉片乍看像菩提樹，但他說是「瓊仔」。種這幹嘛？他說，「瓊仔」葉和艾草、雞屎藤、芙蓉四味一起煮滾，降溫後給小孩沐浴，專門驅邪去煞治「著猴」。

著猴是常見小兒病，患者愛哭鬧、擠眉弄眼、用指尖捏人，夜啼不眠，熟睡則兩腿緊緊交纏。據他多年經驗，這傳統民俗療法還真管用，至今偶爾仍有人來找此四樣草藥，他園子裡只差一樣「瓊仔」，他說等這棵長大，助人就更方便了。

我又回家搜查，著猴可能類似西醫說的妥瑞氏症，而瓊仔原來是烏桕。

太靜歐吉桑的田邊有棵乍看像楓樹的植物，是我在小村田間唯一僅見。他說那是「紅豬麻」，可取枝幹熬湯藥，專治抽筋。真的嗎？還是得回家查！

原來那是蓖麻。莖皮可做繩索、紙張、板材，葉可飼養蓖麻蠶，取絲織布，稈中含蓖麻鹼、毒蛋白可驅蟲殺菌，種子榨出蓖麻油可做生質柴油或高級潤滑油、航空液壓油、煞車油，目前世界三大蓖麻油出產國是印度、中國、巴西。

自古中醫的確用蓖麻根莖來鎮靜解痙、祛風散瘀、治療癲癇破傷風。

面對神奇百草我簡直有眼無珠，而太靜歐吉桑似乎從小就對各種野菜草藥別具熱情，小村裡好像沒他不認識或派不上用場的植物，只是他說的古早土名真令我傷腦筋。

不過，這樣也不錯，總禁不住好奇去追根究柢的我，倒因而多享受一份恰似偵探解謎的快樂。

老牌藥鋪顧照顧蒼生

小村很小，沒7-ELEVEN，卻有五家中藥鋪。

跟台灣其他農村青壯人口外流、只剩高齡者守護田園祖厝一樣，這小村也多是老人家。一般老人家都認為中藥藥效溫和緩慢，而西藥強猛傷胃、多副作用，這大概就是小村中藥鋪生意不輟的主因。

這家中藥鋪之所以特別引我注意，倒不是因為它有六十幾年歷史、是小村最老的一家，而是它藥櫃上的毛筆字。

那字跡工整秀逸，看起來真舒服，讓我第一次上門就注目驚艷，不禁喃喃讚嘆起來，沒想到這讓原本默默埋頭抓藥的老闆像忽然充飽電似的，神采奕奕且兩眼發亮地抬頭望著我說：「這些字都是我寫的！」

哇！好高興小村有這樣的書法高手！結果我只不過為買二十元甘草片而來，卻因此逗留一上午，聆聽老闆苦學、創業白手起家的故事，真覺得挺過戰亂飢荒的老一輩有一種了不起的生活本事和人格骨氣，值得後輩景仰學習。

老闆姓王，鄉親都喊他「王ㄟ」，也有人尊稱他王「先生」（沿襲自日語，有老師的意思），今年八十三歲，去年才和牽手歡喜領取台南市政府頒發的鑽石婚（結婚六十年）楷模。

王先生自幼體弱多病，大人都不看好他能養活，一度虛弱到母親還將他包裹好置入菜籃、放在庭院樹下等待斷氣。這樣的他根本不堪莊稼操勞，也無法當兵，十八歲那年決心另尋出路，於是到鹽水去當中藥鋪學徒。學徒生涯四年中因勤奮篤實而受到一位中藥大盤商賞識，改去幫忙做生意，三年多後再決定自己開藥鋪。

為此他訂製檜木藥櫃，先說好藥櫃抽屜上的藥材名全部自己來寫，省得再另雇師傅。寫字當時在木匠行門口引起眾人圍觀的盛況，他至今難忘。

除藥櫃外，他還買了一張二手檜木桌，到現在都超過百年了；此外那塊砧板裁自老龍眼木，堅硬密實防腐又不起毛邊，那個黑檀木算盤永遠好用免插電……這些老古董都是他的創業夥伴、無價之寶。

他的藥鋪叫「蒼生堂」，那可是隆重奉上六百元紅包、外附生辰八字，專程赴台南恭請一位耆老幫忙命的名號。那時六百元非小數目，一元就能果腹一餐了。耆老說，「蒼」指蒼天，「生」謂眾生，顧念眾生必得蒼天護佑，也才能生意綿延、事業成功。他則依此創作一副對子自我惕厲：「蒼世有心存藥物、生人妙訣定湯頭」。

王先生幼時讀「鐵線橋公學校」學日文，到四年級就因第二次世界大戰而輟學，日本戰敗、台灣光復後改成新營鎮第三國民學校，又重新改學ㄅㄆㄇ，勉強讀完成為第一屆國民小學畢業生。即使正式學歷只有小學，但他好讀書又寫得一手好字，全憑自修通過好幾項中醫藥檢定考試，不但靠這藥鋪養育子女，還因治癒不少疑難雜症，在地方上贏得口碑。

我想，王先生可以充滿自信地說，他此生沒辜負「蒼生堂」這塊招牌。

順基嬸的菜園媽媽經

她是我遷居台南小村後認識的第一個新朋友。認識她是因為買菜。

每天清早她在廟口擺地攤賣菜，那些菜都是她親手栽種、當日現採的。慢慢地，我聽到人家都喊她「順基嬸阿」。是「順基」二字嗎？她不知道，因為她沒上過學，不識字。

跟小村裡大部分的上輩女子一樣，她們在家庭生涯中失落了自己的名字，以夫之名被喚作某某「嫂阿」、「嬸阿」……或以子孫之名變成「某某伊阿母」、「某某ㄟ阿嬤」……

有一次遇到她收攤，正推著兩輪車一步步往我家方向，才知道原來是鄰居。我陪她走一段，她邀我去她菜園摘番茄。就這樣，我又漸漸發現「順基嬸阿」這稱呼背後的故事。

她是在二十二歲那年透過媒婆相親，開始當起「順基嬸阿」的，「順基叔阿」比她大十六歲；同時，她也搖身變作六個孩子的媽。

新婚之夜一床新被就讓最小的三歲娃兒尿濕了，那是「順基叔阿」前妻難產過世留下六個女兒中最小的一個。沒多久，最大的女兒國小畢業上台北做洋裁學徒，因家貧無錢治裝，她又把自己新娘子的行頭全數奉上。婚後，夫家盼早早添丁，豈料她又連生六女，最後終於懷了兒子，卻在即將臨盆時，因車禍胎死腹中。緊急剖腹又摘除子宮，才勉強救回臉色發黑、已沒脈搏的她。

為養育十二個孩子，她受雇做田間各種粗活，一天兩塊錢工資從沒用於自身。她三歲時，生母過世，後母對待親生子女和她如天壤之別，但她自期做個有情有義的後母，不管再困難都恪盡職責，直到每個女兒都找到好歸宿。

如今她六十五歲，不但多了十二個女婿，三十三個孫，還有兩名新生代把她拱上「外曾祖母」寶座。

順基嬸阿認為自己的人生能「一險過一險」存活到今天，全因「天公惜死忠的憨人」。她自幼吃苦操勞，一心一意善盡責任，無暇自憐自怨；如今責任完了，生活便利，每天做最愛做的事——在菜園裡摸東摸西——比之過往，她覺得這就是天堂歲月了。

三十餘年來，她在後院菜園按時序輪番栽種當令蔬菜，最初只為給一群孩子加菜，近年孩子一一成家離去，兩老吃不了那麼多，她才去擺攤。這菜園是她的遊藝場兼健身房，也是最可靠的小銀行。

問她當媽媽的心得，她先是笑說不會講，後來指著菜園說：「親像種菜啦！妳要照伊的時間，看伊需要什麼就給伊什麼。若看伊破病，我們就心疼；伊健康『澎澎大』，我們心內就真歡喜。」

這位新朋友的菜園媽媽經充滿古老的母性力量，讓我好感動啊！

赤腳賣油郎

每隔一段時間，大約早晨六七點，小村裡就會傳出一陣叫賣聲：

麻油喔！茶油喔！燻油喔！苦茶油喔！針車油喔！

有一次追出去，只見一位阿公赤腳騎腳踏車從街尾緩緩淡出的背影。

詢問家裡長輩，才知阿公是鄰村來的賣油郎，從他阿爸開始這樣自製自售，兩代加起來賣了近八十年。

從此每次聽到他來了，我就抓起傻瓜相機衝出去，但卻不好意思追攔人家。有天正好遇到有人買油，我趕緊趨前打探。那顧客說，她十幾年來只買阿公做的油，我也跟阿公「交關」半罐。這下有了「顧客」身分更好「搭訕」了。

阿公給我看他車監裡的放送機（擴音器）。他說，他因家貧失學，從十四歲開始徒步挑擔賣油，到退伍後改騎腳踏車，一直都以「肉聲」叫賣，直到八年前才「升級」用機器廣告。那時他重感冒咳嗽失聲，無法叫賣，不得已坐困在家一個月，有位賣豆花的朋友正巧換新放送機，便把舊的轉送他，還教他錄音安裝。如今他已七十四歲，機器仍然「勇扣扣」，身體也是。

不管嚴冬或酷暑，他都打赤腳，因為他覺得穿鞋會悶濕，「不衛生」。他住下營，多年來總在天一亮就從下營出發，分路線輪流巡迴四周村庄社區。通常中午就「下班」回家吃飯休息，要是遠至隆田一帶，則要午後兩點才能回到家。過去下午還做其他工作，如今年紀大了，睡午覺起來都在「呷飽迌迌」而已，一星期也只隨性賣個一兩回。

這樣一位赤腳阿公載著油在烈日下穿梭大街小巷，油箱油勺都黏附著陳年黑垢，猜想時下消費者都不大能接受，傳統賣油郎的生意應大不如前。阿公說，現實儘管如此，但他一向「做信用ㄟ」，仍有些老顧客支持，前陣子發生黑心油風暴，他的油品還曾供不應求。

阿公的叫賣錄音裡提到五種油，其中爁油是以樟樹枝和粗稻糠悶爁花生油，古早時代用來護膚潤髮；針車油以礦物油加化學原料製作，剪刀、農機、腳踏車……保養必備，但現在這兩種幾乎沒人買，他改以專賣黑麻油、茶油和苦茶油為主。

對於生意衰退，阿公表示無所謂，他說反正是「老人工」，賺點零用錢兼騎車運動，還能巡迴各村和來往多年的老主顧閒話家常，「日子卡好過」！他的子女都無意接班，阿公打算就這樣一直做到不能動為止。

就像犁牛車、剃頭擔一樣，赤腳賣油郎踩「鐵馬」的背影，有一天也將從小村風景中消失無蹤，但老一輩終生勤勞知足的生活精神，會隨著阿公那懷念的叫賣聲，在一些人心裡繼續共鳴不已。

月娥與大德碾米廠

現代人買米多去超市、大賣場、雜糧行，估計已少有人見過碾米廠。碾米廠台語「米嘎阿」，其實是早期台灣百姓最常買米的地方。

然而，在這小村還有很多居民卻只去碾米廠買米，就因村子裡有家開了超過三十年的碾米廠。

這家碾米廠小店面乍看平常，但細瞧階梯式層層屋頂，應會察覺這不同於一般房舍，那是專為安裝近三層樓高的中型碾米機而設計的，裡面那台可是稀罕的全檜木碾米機呢！

其密閉性略遜金屬製造的新碾米機，運轉時稍有塵屑，但各項功能俱全，最難得是其古樸質感，更是老闆夫妻倆胼手胝足、白手起家的珍貴紀念物。

呂先生原在台北中藥貿易公司當業務員，父親認為他應娶個會做生意的，於是安排同村永寧碾米廠的女兒、十四歲就掌店的月娥相親。當時姊姊未有對象，月娥不想搶先出嫁，親事因而沒談成。隔年姊姊出嫁了，呂家再度提親，婚事終成。四十多年後回想那個二十二歲新娘，月娥笑說：「該吃誰家飯註定定，人沒多厲害啦！」意思是

「人算不如天算」。

婚後月娥隨夫婿北上，租屋在新莊。有個鄉親在林口塑膠工廠當廠長，月娥去當作業員貼補家用。原以為夫妻同心協力，遲早能在台北安家立業，哪算得到不久婆婆就病倒、不良於行，身為長子長媳的他們於是收拾行李返鄉。

當時村裡有家碾米廠正好歇業招租，月娥覺得那是她最有把握的工作，便承租下來，做了幾年稍有積蓄，才向農會貸款，湊三十萬買下這台檜木二手碾米機，開了自己的工廠。那是民國七十二年，一分田一萬塊，月娥這投資氣魄堪稱當年小村「女強人」。

「阮緣投阿尪（我英俊的先生）本是斯文人，皮膚白雪雪幼綿綿，但牙根一咬也跟著扛稻穀，實在使人足感心！」然而，月娥總笑咪咪歸功於夫婿呂先生，跟村裡上一代以夫為天的女人沒兩樣。

創業之初，他們帶著女兒睡只有一張半榻榻米大的閣樓，就搭在廠房上方。那時整套稻穀後製流程機器化進展日新月異，呂先生看準傳統小碾米廠終將一一停擺，只靠零售通路角色苟延，因此他們騎摩托車在嘉南地區廣發名片，針對小碾米廠拓展業務，這決策為他們打開市場，成功邁出一大步。

民國八十年代，呂先生見市場萎縮，又評估家庭作坊不能「走武場」跟大廠拚搏，於是決定積極轉型「做文的」，專一契作台農十六號良質米，改走品牌路線，結果生意再度回春，證實他又一次準確抉擇。

小村曾有過六家碾米廠的榮景，如今除一家大型代工廠外，自製自銷傳統碾米廠只剩這家了。他們頗以自家「作品」為豪，倉庫裡烘到含水率十四．五的稻穀幾乎每四個月出清換新，而白米多是一兩周內現磨現出的貨，口感及新鮮度與一般量產米不可同日而語，許多人「一試成主顧」，老客戶不只小村鄉親，還有附近鄉鎮及台北等遠地的機關行號。

總結多年生意秘訣，呂先生認真回答就在店號「大德」兩字：「一切工作都要以道德為本，德多大，生意就多大！」

大德碾米廠在小村裡已不只是碾米廠而已，長年來，每天下午總有一群鄉親聚在大德店門口，就著小桌小椅喝茶聊天，彷彿成了僅次於各廟口的「社區活動中心」，那些「大德客」有的參加佛寺誦經團，有的投入小村街道清潔志工隊，儼然是小村熱心公益人士的「大本營」。

近年在鄉土教學的熱潮下，大德碾米廠還多出一個新角色，那就是作為附近小學戶外教學的活教室，讓小朋友們親身見識，原來小小一粒白米背後有著那麼繁複的歷程。

阿玉姨的好人世界

第一次見到她是在派出所門口。

她拖著一只幾乎跟她等高的塑膠袋吃力地走出來，袋裡裝滿空寶特瓶。她滿臉笑，頻頻回頭道謝。

門口停了一輛電動代步車，開車的是位老先生。她先把塑膠袋擱車子另一側，再回來擠上車，瘦小的她正好塞進老先生和靠背間的縫隙。坐定後，她側身雙手提起塑膠袋，高興地說：「好勢啊，行！」（妥當了，走！）

有天我漫步小村，轉進一條小巷弄，被牆邊種在保麗龍箱裡的一排蔬菜所吸引，正拍照時，招呼聲從背後迎來，回頭一看，竟是她！相談方知我們家族的資源回收品累積到一定數量，長輩們就會打電話通知她，她說這多年來「乎恁全家兄照顧」。

在她家門前、廢物利用的菜圃邊，她說了她的故事。

她名阿玉，大家都叫她「阿玉ㄚ姨」，今年八十歲。她十九歲就在阿爸安排下嫁給同村大一歲的先生。夫家莊稼生活操勞，每逢割稻期，她常割到十指僵硬。先生排行老二，兄弟共七人，七個媳婦按月輪流掌廚，她個子最嬌小，刨一大盆番薯籤要捧上灶都得咬牙使勁；「過ㄎㄠ」（輪替交接）時，還要把柴薪備齊，並挑滿一缸水。有一年春節炊粿，她因無力失手竟摔翻一鍋米漿，所幸「阿娘（婆婆）ㄉㄧㄝ性真好，攏冇打也冇罵」。回憶往昔，阿玉姨說的盡是吃不完的苦，但用的卻是慶幸的語氣。

為養育三子一女，她農閒全投入手套工廠的包裝代工（撿左右成一雙、算百雙入一袋）。她手腳利落人緣好，還負責替老闆娘徵召小村代工者，後來先生因骨刺手術三次住院，突然半身不遂，她忙不過來，才放棄賺這外快。

那時她四十多歲，家計頓陷困境。有個「古物商」（資源回收場）朋友建議她撿「壞銅舊錫」去賣，起初她覺得「真見笑」，但朋友說：「做人做到兩手拗彎、乎人綁在背後（指犯法被反手上銬）才見笑，靠自己流汗彎腰冇啥米見笑！」受此鼓勵，阿玉姨決定勇敢迎向拾荒生涯。

阿玉姨說她的「貴人」除這位朋友外，還有手套工廠老闆娘。那時工廠正遷移大陸，老闆娘把一台運手套的推車送給她，這車陪她走遍小村，成為她最得力的「夥伴」，轉眼又快另一個四十年。

提到「貴人」，她神采飛揚起來，直說都因鄉親疼惜，一家才能渡過重重難關，又說她小嬸、子孫都對她真好，不時饋贈衣物，她平日根本花不了什麼錢，六十五歲後又「乎政府飼」（指老農年金），儘管回收廢紙一公斤才賣兩元，但她覺得如今生活很滿足，必須感恩眾人、謝天謝地。

而先生從沒對她說過謝謝，但從前看她拾荒回來，只臥床默默垂淚，近年若有人打電話通知阿玉姨去回收，他卻努力撐下床，堅持「專車」接送！

後來幾度又在小村重逢阿玉姨，每次她都一樣熱切分享好消息，似乎她心目中根本沒壞人。

我發覺這樣的阿玉姨有種神秘魅力，讓人不自覺想當她世界裡的好人，也為她做件什麼好事。

田間代溝

從前服務於媒體時，因個人興趣關係，我常參加討論農業問題的活動，也不時拜訪一些年輕世代小農組織。那時我渴望確切了解返鄉務農遭遇的困難，痴心盼望能透過媒體力量，為台灣農業轉型提供一份助力。

雖然好像做了些事，但如今回顧，怎覺得卻只像孩子認真鼓脹起臉，對著空中一口氣吹出長串彩色泡沫？那些泡沫落在田地上，連一點聲息都沒。

那時有件事讓我印象深刻。

那些皮膚曬得黝黑，或像荒野浪人，或帶著文青氣質的新手農夫，幾乎異口同聲提到，身體的辛勞和過渡期的經濟拮据，他們早有心理準備，真正難以承受的壓力反而來自上一輩。

有人被老人家怒斥：「你不出去打拚，回來做什麼？要種田當初何必花錢給你上大學？」

也有人因為與老人家耕作觀念不同而衝突不斷。這些農事周邊的人事、家事，竟是許多人最感無奈、氣餒的原因。

當時我想，有這麼嚴重嗎？父母當然都會擔憂子女生活，只要做出成績讓父母放心，父母終究還是會支持的。

後來實際回歸農村後，我才知道，「想當然耳」常把世界理論化，也把問題簡單化了。

以小村來說，村裡老農們從小一起種田，他們從最原始人力耕作開始，經歷過機械化和農藥化肥的產能革命，到現在又與一個代耕、代割和代銷的工作網絡互依共生，叫他們放棄「慣行農法」，別用除草劑殺蟲劑化學肥料，改成什麼「友善土地」、「精耕永續」，那不只否定他一生的經驗、成就，也等於對抗他背後那個深厚的同儕關係，和已然穩固的支持系統。

所以，他們會理直氣壯、甚至有些輕蔑地說：

「又不是只有我在噴藥，大家還不都這樣？」

「大家都這樣，我們就跟人家一樣做，你沒比較行啦！」

「藥噴下去，幾點鐘就吸收了了，沒了，哪有那麼嚴重？」

「噴重藥、下重肥還怕收冇、賺冇，說什麼都別用？欲笑死人喔？」

「啥米有機？全在騙你們這些讀冊仔郎！種作根本冇可能冇用藥啦！」

他們知道自由貿易、開放農作物進口勢必衝擊一般本土農業，也意識到童年田裡那些活潑的小生命一個個消失殆盡，只是，他們不想冒險改變，不想做新的投資，甘願繼續埋頭苦幹，「加減賺」就好，等做到真做不下去再說。

那麼，不然付他們租金，請他們退休，田就交給年輕人去摸索實驗吧？這樣也不行，因為他們還對過去非常時期突來的「耕者有其田」政策戒慎恐懼，生怕田租出去會要不回來，或者又被充公、轉讓……總之，田地寧可休耕荒廢領補助，也比出租穩當。

所以，年輕人有心認真歸農的大有人在，但他們很可能找不到農地耕作，就算家裡有地，也得很努力跨越和長輩之間的代溝才能起步。

近年各媒體報導青壯年新農夫時，似乎必配一張公式照片——由高處俯看主角穿著氣質棉布衣（有時還紮頭巾），手上捧舉著鮮潤漂亮的農作物，仰頭給鏡頭一個非常陽光的笑顏，背景則是一片田園綠意盎然（有時還布置一些「很文藝」的木桌木椅，和「很慢活」的手工杯盤、可愛雜貨），讓人簡直聞到泥土與青草的芬芳，看起來真是好清新、好「療癒」、又好「小確幸」！

但是，如果只懷著這般憧憬去務農，遇到的困難怕只會更多。

畢竟務農不是辦「田園趴」，不一定有這樣美好的光景，即使有，那也是無數不為人知的勞心勞力與時間所換得的片刻。

關於回歸農村，我自己一開始也抱著大好計畫躍躍欲試，雖沒妄圖賺錢，但已把日常果菜高比例自給自足設為「初階目標」。然而，老人家上午看你在拔草，心疼你

「很笨」，下午就自動去把一整區都噴灑除草劑，諸如此類「意外」層出不窮。幾經挫折，我才知道，該先將目標退回「養地」，而要養地，我還得先耐心犁平那崎嶇的田間代溝呢！

農村其實是前線

旅行池上時，發現當地田埂大半由石頭堆砌或水泥灌模，這在台南小村不多見；而小村農夫很愛利用田邊畸零地，絲瓜番茄花生韭菜大頭菜……什麼都種，但池上清一色純稻田，少有田邊菜圃。

猜想因縱谷地形不平坦，全靠泥土撐不住梯田，另外是就地取材溪谷石礫；至於菜圃，可能東部地廣人稀，毋須像西部這樣寸土必爭。

還有烏山頭水庫供應的嘉南大圳灌溉水較清澈，池上田水源於輾轉來自中央山脈的新武呂溪，因夾帶豐富礦沙而呈乳白色。

最大差別是，小村田間道路布滿電線桿，而池上田地卻有大片開闊淨空的天，無任何電線遮蔽。

無論東部西部，早期先民設計農田的專業規格，大約跟時人規劃所謂「科學園區」無異，只是後來因經濟結構改變加上詭異的農舍法規，住宅廠房大舉侵犯，把稻田切割得支離破碎，也汙染了灌溉水路。像池上這樣單純的農田還能堅持多久？

其實池上許多稻田也飄出化學農藥的氣味，與嘉南平原一般稻田無異。每到稻田噴藥期間，小村就變成一個奇幻毒氣室。藍天白雲遼闊，蒼綠稻田連綿，近處麻雀嬉鬧，遠方層巒疊翠，放眼大地一片豐美，但那無形無色卻無孔不入的惡臭，卻陰森森猛撲過來，瞬間佔領整個空間，幾乎逼人窒息。

小村四面八方都是田，每次被化學藥味淹埋、無處可逃時，我內心更害怕的是，自己有一天會不會也像村人一樣，漸漸對這氣味習以為常？

種稻用藥早在秧苗階段就開始。近年台灣甚至與德國農藥廠合作，推出一款以「高科技」殺蟲滅菌劑預先處理稻種的新型「健康苗」，據說藥效長達秧苗期至孕穗期七八十天，插秧後兩三個月內都不必再施藥。

這好比給嬰兒打疫苗預防針，能保證小子順利通過青春期，不委靡，不叛逆，不受環境搖擺，一個個安全長到成年當標準好人。

目前此苗行銷對象是各地種苗場，還在試探宣傳階段，一般稻農人都不知道，就算知道也未必能馬上接受，一方面是對效果有疑慮，另一方面是秧苗成本立刻增加六成多。

我曾在種苗場遇到農藥公司正派人來輔導，望著他們把一桶混合「稻熱停」、「稻紋停」、「絲奄奄」三種系統性濃稠藥劑不斷攪進稻穀裡，聯想以那種粉紅色化學濃湯拌飯吃的滋味，當下不禁反胃。

目前台灣稻農很少自己育苗，大都向專業種苗場訂購，插秧也由機器代勞。插秧機的動作輕巧，像一排四隻鷺鷥八隻腳踩過水田，每隻腳提放間就插好一株秧苗。通常是兩人一組操作插秧機，且是夫妻檔，一個瞻前行駛，一個顧後補給（秧苗），也有的老伴退休了，只好自己駛駛停停兩頭忙。

這樣插一分田的工資，小村行情是六百元，大約半小時搞定，而一分田大概要用十盤秧苗，每盤有秧苗三捲，一捲約三十五元（自行去秧苗場載回則減運費每捲四元）。

插秧前通常還得請「火犁仔」來犁田兩趟，一趟是乾田、一趟在放水浸濕之後，每趟工資為五百五十元。

再加施肥用藥、驅鳥滅鼠工事及雇人用機器收割等等，以上就是時下一般種稻的投資成本。至於看天候、巡田水、拿捏時機等勞心勞力，則不在話下。

農村充滿生之能量，但目睹各種糧食生產和運銷的真實過程，會令人駭然警覺，農村並非安逸的社會大後方，而是人間存亡絕續的最前線。

曾問老人家，這麼多農藥化肥種的米，吃起來不會毛毛的嗎？老人家說，沒辦法，病蟲害越來越多，而且大家不都這樣？聽來很無奈，但更傷心的是，他們說這也不是種來自己吃的，只是給人家一起收購，最後大家的米全攙在一起分不清。

原來不清不楚也能模糊恐懼。

曾幾何時，稻田也已從「母親」餵養孩子一般的意象，淪落成只是米商的代工？

時下小村務農主力是七十歲以上老人家和一套代工收購系統，兩者合作勉強穩住農村營運，卻也形成農業變革的阻力。

新一代農夫是否有能力、也來得及救治中毒的土地？

而在成本效益的考量下，目前這樣的小農耕作會不會已到末代呢？

如果有一天農業崩壞，糧食幾乎都得仰賴進口，台灣還會是「寶島」嗎？

傻瓜相機教我的事

「妳不是我們這裡的人吧？」

回小村以來，不時有人這樣問我。

例如當我提購物包、自備重複使用的塑膠袋去買菜時；穿著襪子皮鞋而非拖鞋上街時；被光著上身又打赤腳的工人大剌剌走進農會超市嚇一大跳時；收到訂做遮雨棚、對表面被噴上斗大的帆布行電話廣告完全不能接受時……

除此之外，就是我拿相機對著稻田、草叢或其他日常生活景象拍個不停時。

應該是「正常」的小村居民不會有這些行為反應吧？

對小村一般老人家來說，拍照是件大事，若沒梳妝穿戴就入鏡，那可是很醜很「見笑」（難為情）的。尤其正埋首工作時，渾身髒汙又一頭汗，他們認為這影像若被收攝定格，會將這番勞碌「固著」下來，「害」他們一生辛苦個沒完沒了。這種情境下罕有能對鏡頭大方一笑的，不翻臉趕人就不錯了。

但有一次有位阿公看我拍照，問我是不是「欲攝去刊新聞」？我說沒啦，只是拍好玩，旁邊另一位無牙阿公隨即「開示」：「伊欲嘎你『po 上網』，乎你出名啦！」霎時令我對這位阿公「刮目相看」。

向來我對拍照興趣不大。原因之一是懶惰，過去用底片的時代，相機沉重又附一堆鏡頭，背著出門好麻煩；其二是，我沒那種捧一疊相本與人分享的熱情，覺得有幾張照片聊作紀念足矣，拍一堆終是累贅；其三是，長年在媒體編輯檯處理報導照片，讓我不再相信眼見為憑，因為影像取決於拍攝者選擇的觀點和角度，同一條新聞可能用兩組照片說完全不同的故事。

然而，二〇一二年底，我把老爺之前送的小傻瓜相機找出來，隨身帶著在村裡閒晃，沒想到不知不覺竟養成拍照記錄生活的習慣。

當初這麼做，主要是為了救老爺。

那時老爺病重，正被醫療副作用折磨到了無生趣，連摯愛的專業——攝影，也心灰意冷。幾度鼓舞他出門走走、拍拍照都不成，最後乾脆自己亂拍一堆回來恭請講評。他指指點點、搖頭又嘆氣幾回後，按捺不住，只好勉強「下海」親身示範。

從此，老爺慢慢恢復拍照動力，後來又接些專案，在島內展開攝影報導小旅行。我想這有助於他克服病苦，重新投入平常生活。

我自己也從「超近距離拍攝」模式中，乍見鄉間花草樹木細部之堂奧，不禁深深著迷。視窗裡那渺小微物的面目一呈現，全世界彷彿瞬間消散於無邊寂靜。那是完美的神聖宮殿，極致的藝術作品，深邃的夢幻詩篇，也是純潔的嬰兒心事，令我唯有敬畏臣服。

因此，我又多了一個追查植物芳名與身世的嗜好，但越查越發現，對於浩瀚的植物世界，自己實在太無知。

至於動物，我不是不愛拍，而是手腳慢、技術差，常拍不到。但我不為此煩惱，反正我又沒要當攝影師，隨機隨性按快門便罷，天下攝影高人那麼多，萬物之美有他們正經記錄就夠了。

有時，正好有個人走進我的構圖，或正好有隻蝴蝶飛來襯托畫面，宛如天助神蹟，讓我高興半天；雖然錯過的好鏡頭更多，但我只懊惱一下下，就「很阿Q」地相信，若真該我來拍，遲早一定會讓我拍到。

就這樣，我居然拍了上萬張照片！技術無甚長進，但欣賞與享受攝影的樂趣倒是結實升級了。我甚至夢想，有一天能從中精選些影像，在小村活動中心輪播放映，那些阿公阿嬤看了應會哈哈笑說，這不是某某人嗎？那不是某某所在嗎？想到這樣，我就很樂！

同時，拍照也讓我隱約有所領悟。

其實，所有風景都是我自己框的，那只是極其有限的面向，受立場與觀點所牽制。照片拍得再真再好，也不等於親眼所見，當下更龐雜的聲色氣味和身體觸感等訊息全遺漏了。然而，觀者卻不自覺地憑那一點數位光影資料，就放任想像去羅織整編，各自隨意還原現場。

所以，人們所見的現實，可不也是已心所框取風景的拼裝而已？我們常透過這些拼裝去認定真相，然而，生命真正的現場，其實只在那取景加框的當下，剎那生滅，無可捉摸。

關於「美好的小村生活」

偶爾我會在臉書分享傻瓜相機隨手拍的小村風光。不過是些田邊花草蔬果、屋前正在剝菱角破布子的阿公阿嬤，或者豬舍鴨寮魚塭和廢棄的土角厝，但居然博得一些稱讚，還引人驚嘆「小村之美」，說要專程到此一遊。

那些照片幾乎都攝於清早散步時，是晨光的魔法使紅塵萬物閃動靜謐聖潔的神采，其莊嚴大美讓人幾乎想跪地膜拜。就為那剎那間的感動，我按下了快門。可能也因為這樣，有些朋友說小村照片讓他們很感動，也很羨慕我「美好的小村生活」。

每次收到這樣的回應，我的第一個想法都是捫心自問：妳有刻意美化小村嗎？但我並不覺得自己有這樣的意圖或需要。比較可能是，人家以所見的幾個點，加上各自的解釋與想像，便連點成線，又連線成面。

若真到此一遊，人家可能發現別具洞天，也可能大失所望。「台灣各地傳統農村不都這樣？」如果有人這樣說，當然也沒錯。通常他們會在大白天蒞臨，到時更可能曬到頭昏腦脹，一心只想快閃進冷氣房，什麼風景都看不上眼了。

我拍的多是清晨景象，只因那是我每日緊湊忙碌的家事登場前，僅有的一點能隨性走走拍拍、屬於個人的時光，那並不代表我的小村生活全是早晨的恬靜清涼，而沒有嚴酷的中午，和幽暗的夜晚。

雖然我這台南小村媳婦該算半個台南人，但我對台南向來並無歸屬感，論熟悉度還遠不及至今一半以上歲月所在的台北。遷居小村這幾年，特別注意坊間有關台南的著作，發現「台南學」日益蔚為「顯學」，儼然是台灣慢食樂活品味的代言者。

媒體上呈現的台南畫面，不是古蹟、老樹、幽巷、和風文青小鋪，就是各式各樣的美食小吃，又說台南人情多麼親切溫暖，大家多麼為在地傳統自尊自重，活生生一個深具歷史底蘊又自成文化風尚、生活美學的現代古都。

然而，光拿最受歡迎的小吃來說，我卻多半覺得還好而已，大部分料理衛生和用餐環境失之隨便，至於重新投資於品牌包裝的，布置又嫌矯情，真正樸實雋永、讓人打從心底敬愛的老字號，猶如鳳毛麟角。再說，我也很納悶，近年幾起食安風暴中，不少有毒食材工廠就設在台南，這不是太諷刺了嗎？

相對於台北馬路的焦急，在台南開車的確有不一樣的從容，例如即使綠燈亮了，你還恍神堵在路口，也很少人會按喇叭催促，頂多默默脫隊超車而已。但能因此就定義「台南人」嗎？也許在任何較開闊的城市，人的行動都會自然放鬆。

再說親切不親切，也要看你是什麼樣的身分、去什麼場合、接觸的是什麼樣的人，還有待的是多長時間。

我並不是說那些「台南學」刻意美化了台南，而是那裡面總難免在地人的主觀情感，或外地人的片面印象，透過大量書寫、傳播，又漸漸模塑了一般人認識台南的角度。說到底，台南不比台灣其他城市可愛，也不比其他城市不可愛，每個地方都有自己的生活風景，關鍵在觀看的心境與眼光。

俗話說，金窩銀窩不如自己的狗窩，即使比起世界上許多城市的整潔優雅，故鄉可能相對庸俗醜陋，但我們仍願欣賞某些粗魯底下的簡單率直，憐恤某些將就背後的無奈不得已，甚至堅持，這是只有我們自己才懂的小確幸。

所以，同樣的，請不必因為我所見、所攝、所寫，而以為小村很美好。

小村是大台南的一個小小角落，她在時代巨浪中漂流，我是那漂流裡的小小過客。我只是珍惜自己與小村的因緣際會，不禁伸手去抓一把當下的吉光片羽，如此而已。

我喜歡

我喜歡小村的陽光。

向來一見陽光大好，不曬東西便覺「暴殄天物」。住台北時，盆地山邊秋冬濕冷，雖甘願扛棉被上樓，但太陽老不賞臉，難得晴空萬里時，奈何卻得趕上班。

回小村當起家庭主婦，四季麗日無限暢享，外加有整個曬穀場可縱情揮霍，有一回拆了四片門板，用椅子高架著，上面佈滿書籍器皿，大曬特曬，真是爽快！

東西曬過充滿陽光烘暖，並散發一股特別酥香，所謂「天主的懷抱」想必差不多就這般溫馨。

小村陽光到夏日則非常凶悍，別說化妝，連抹乳液都難，動不動就一身汗，能勉強維持「人形」就不錯了，然而這樣的陽光把繁文縟節全曝曬成乾，連腦袋裡林林總總的收藏也一併蒸發精光，空蕩蕩如無雲藍天，我也喜歡。

我喜歡小村陽光晨昏都光臨我的廚房，起風時，窗外檸檬葉的影子會在潔白的櫥櫃上翩翩飛舞。

我喜歡廚房裡那個我的專用小抽屜。抽屜裡有大張月曆日記表、活頁手札和幾支筆。日記表格記載家人服藥就醫紀錄、身體變化情況、叫瓦斯和洗濾芯日期……，手札是採購清單、生活備忘。抽屜上還有一組音響和一個裝滿零食的玻璃罐。

我喜歡看廚房裡每樣東西各安其位，四周線條整齊從容，冰箱和倉庫都豐富充實。

我喜歡在廚房裡消磨光陰，彷彿只要廚房日日點火，發動一個家的引擎運轉，就能在巨大飄泊裡穩住一葉扁舟。

我喜歡廚房後面的一畦菜圃，懶得把零星果皮菜葉收進堆肥桶時，開門就能揚手一丟，那可不是「亂丟垃圾」，而是在「餵土吃飯」，感覺真好。

我喜歡整修房子，喜歡把居家打理得清亮舒適。這古老的三合院恰有忙不完的題目。

回小村以來，每年秋末都會安排一項居家修繕工程，有些必須委託專業代工，有些工作太細瑣則很難請人，因而不得不自己硬起頭皮練習糊水泥、漆油漆、黏磁磚、貼壁紙。這些過去不是沒興趣，只是沒時間又怕做不好，而今這房屋老舊到有做任何整修都比沒做好，且公婆不挑剔又放任我隨興發揮，我因而擁有可放膽玩耍的「遊戲平台」。

我喜歡看老人家驚喜的模樣。

我們上一代經歷戰亂貧困，普遍十分節儉，從來捨不得享受他們應得的好日子。像我公婆，無論要為他們換新什麼，一律是「免啦！」、「毋通！」（不行），後來我乾脆「先斬後奏」，再以五折、甚至五折的五折報價，或乾脆推說「用電腦買的」不好退貨，便火速「結案」。雖然一開始他們常心疼叨唸，但很快就會讚嘆「哪ㄟ這呢理想」、「實在足舒適」，並說現代人好命，有如此便巧產品可用。

有一次讓婆婆玩 Ipad，她在上面彈琴打鼓，驚訝又躍躍欲試的表情，就跟乍闖奇幻新樂園的小孩一樣。我喜歡他們把握機會嘗試新玩意。

我喜歡跟我們家黃金獵犬來福去散步。

來福愛與人併行，偶爾顧自快步向前探索，也每走幾步就回頭張望，確認家人有跟上再繼續前進。有時我故意躲在樹後捉弄牠，牠一看人不見了，便立刻跑回頭搜尋，每次都跟第一次一樣認真。

不管白天晚上，一聽開門聲音，來福就興高采烈搖尾巴跑到身邊。牠老是熱情過度，又舔又抱令我吃不消，只好扮臭臉惡聲驅趕。來福會立刻退後幾步無辜地望著我，要是我於心不忍對牠一笑，牠又立刻跑回來表示親熱，好像前一瞬的事根本沒發生過；若再度驅趕，牠就會轉身離去，走兩三步後，又默默回頭張望。

我喜歡來福的回頭張望，雖然牠不說話，但我知道那裡面有千言萬語。

我喜歡小村生活裡有這麼多「我喜歡」。

也許是我已適應小村環境，或者，如今我對生活不再苛求，常覺得喜歡這樣很不錯，不喜歡那樣也沒關係。

畢竟一切其實脆弱無常，像細枝條拼搭的七彩樓台，任何時候任何一根動搖都可能全部崩散。

當前一點歡喜雖非天長地久，但因天造地設、人事物和合，才成就這獨一無二的剎那，而我正好也在這裡，何其榮幸！

跋

這本書寫於二〇一三～二〇一五年間，無數個進出廚房、醫院和矛盾心情的片段空隙。

若非應【非常木蘭】網站（www.verymulan.com）專欄邀稿，只怕我的毅力不足以持續為這段生活留下紀錄。

「非常木蘭」是一個支持女性創業圓夢的社會企業，由科技界佳必琪公司董事長張舒眉小姐出資成立，理想為分享並連結資源，鼓舞女性實現自我、活出精采魅力。

二〇一三年網站開張之初，總監徐開塵小姐來邀稿。我想我已「退出江湖」，又剛從台北遷居陌生小村，正一頭栽入沉重的家事與看護任務中，且在重新適應生活，能給志在創業的女性什麼鼓舞呢？

開塵卻認為，最困擾也最滋養女人的是愛（家庭），而不是工作，誰都不知家庭與工作將在哪轉彎，小村生活是人生上半場工作生涯的對照記，也是下半場回歸家庭的出發點，往前往後都有老實面對生命、重新學習生活的機會。

因為開塵的鼓舞，我開始了藉文字整頓自己、也摸索一個台灣傳統農村的旅程。本書寫作首先要感謝開塵。

另外，要感謝非常木蘭讀者及臉書朋友們，期間給我許多寶貴的回應。

感謝大塊出版連翠茉小姐在編輯上費心盡力。

感謝老友擇雅為這本書作序導讀。

最後要感謝我們家「老爺」阿旺先生——

感謝他以對故鄉的依戀所拍攝的小村風土人情，也感謝他一直以快樂笑容伴我前行。

國家圖書館出版品預行編目資料

小村物語 / 夏瑞紅著 . -- 初版 . -- 臺北
市 : 大塊文化 , 2016.04
面；　公分 . --（mark ; 115）

ISBN　978-986-213-693-5（平裝）

855　105003404